美女と魔物のバッティングセンター

木 下 半 太

幻冬舎文庫

美女と魔物のバッティングセンター／目次

【新宿区歌舞伎町で通り魔】

十二月二十五日午前零時ごろ、新宿区歌舞伎町で通行人ら七人が、女に次々と刃物のようなもので刺され、一人が死亡、六人が負傷、うち一人が意識不明の重体となった。女は刃物を持ったまま逃走しており、警視庁新宿署は周辺に緊急配備を敷き、殺人容疑で女の行方を追っている。

同署幹部によると女は、四十歳から五十歳ぐらいで、ピンク色のダウンジャケットを着て、紫色のパンツを穿いていた。

第一話　新宿バッティングセンター

1

吾輩はホストである。源氏名は、まだない。

この使い古されたパターンで、吾輩の個人的な物語が始まるのをどうか許してほしい。先輩ホストの聖矢《せいや》さんに聞かれようものならば、「おめえ、それ漱石《そうせき》のパクリだべ？　あんま調子ぶっこいてっとベコベコにすっぞ」と、憤怒の形相で自慢の銀髪を逆立て、吾輩の肩にパンチを入れるであろう。聖矢さんは、元々、神奈川の暴走族で、少々気性が荒いのが玉に瑕《きず》だ。

なぜ、吾輩がホストなどという職業に身をやつして、夜な夜なキャッチ行為を繰り返すのか。それには、大きな声では言えない理由がある。どうしようもなく、喉《のど》が渇くのだ。容赦なく太陽が照りつける砂漠に、顔だけ出して埋められたかのように。

この渇きを抑える術《すべ》は、ただ一つ。しとやかで美しいご婦人の血を吸う他ない。

そう、吾輩はホストであり、吸血鬼でもある。

吸血鬼が現代で生き抜くには、ホストがぴったりだということは説明の必要もないだろう。とにかく、我が一族は大昔から朝が弱い。日の光に当たると灰になって散ってしまうと思われがちだが、それは大きな誤解だ。確かに、純血が美徳であった時代の御先祖様たちは、太陽やニンニクや十字架が弱点だった。今は違う。吸血鬼だって時代に合わせて変化するのだ。吾輩も、中華料理を食べるとき、たとえ連れが餃子《ギョーザ》を注文しても嫌な顔はしない。礼儀として、最低一個は箸《はし》をつけるようにはしている。メニューに水餃子（ニンニクが入っていない）があれば、そちらにしてもらえると嬉《うれ》しいのだが。

ただ、キムチだけは、どうしても口にすることができない。あれは、赤い悪魔だ。吸血鬼が悪魔を恐れるなんてちゃんちゃらおかしいが、無理なものは無理だ。初めてキムチを口に入れた瞬間、ドラゴンのように炎を吐き出してしまうかと思った。ニンニクが臭いプラス辛いのだ。あれは、人間……いや、吸血鬼の食べるものではない。しかし、ホストクラブを訪れるキャバクラ嬢や風俗嬢たちは、やたらと焼肉を好む。店外デートで、誘われたら断ることはできない。あろうことか、本格的な韓国料理店ほど、頼んでもいないのにキムチをサービスで出してきたりする。迷惑極まりない話だ。「キムチ食べないの？」と訊《き》かれれば、「今、口内炎ができていて染《し》みるから」と誤魔化《ごまか》すことにしているが、中には、お姫様……いや、女王様気取りのご婦人もいる(困ったことに、上客ほど多いのだ)。吾輩が、キムチが苦手だと知るや否や、サディスティックな笑みを浮かべ言うのである。「あたいが注文したキムチが食べられないってのかい？」きょう日、ヤクザでもこんな台詞《せりふ》は口にしないであろう。拷問である。そのときの対処法は、ご婦人の隙《すき》を窺《うかが》い、フリスクをすばやく十粒ほど口に放り込み、続けてキムチを食べて微笑《ほほえ》む。口の中は一度に氷責めと火責めで地獄のようなありさまになっているが致し方ない。聖矢さん曰《いわ》く、「オラオラ営業が効かねえ痛客《いたきゃく》でも耐えるしかねえべ？　もしかしたらエースに化けるかもしんねえしよ」である。吾輩も蛇足かもしれないが、ホストに縁のない方のために解説を入れることにする。吾輩も最初は、ホスト用語という暗号を解読するまでは、まさにチンプンカンプンであった。

オラオラ営業とは、あえて、ホスト側が尊大な態度を取って、お客様のM心をくすぐり、少しばかり強引な手法(殴った後、ギュッと抱きしめ、俺を男にしてくれと言って、頭を撫《な》で撫でする)でお金を使わせる上級のテクニックである。聖矢さんは好んでこのスタイルを用いるが、吾輩は好きじゃない。

痛客とは、ひどく酒に酔った上、暴れたり暴言を吐いたり金払いが潔くないなど、己《おのれ》を見失ってしまうお客様を指す。度を越せば出禁《できん》（出入り禁止。これもホスト用語の一つである）もありうる。

エースとは、それぞれのホストにとって、一番お金を使ってくれる太客《ふときゃく》（良客の意。ホスト用語は奥が深い）のこと。

長々と並べたが、つまり、聖矢さんが吾輩に伝えたかったのは、「我慢しろ」である。

なにはさて置き、お客様を上機嫌にさせるのがホストの仕事……いや宿命なのだ。

吾輩は、新宿の歌舞伎町にあるホストクラブ《ラストサムライ》に勤めている。オーナーがトム・クルーズの大ファンで、この店名にしたそうだ。ここで吾輩は、新人がゆえに「新人」と呼ばれており、お客様からは「新人クン」もしくは「ルーキー」、ひどい場合は「おい」と呼ばれている。本当は早く源氏名が欲しい。

オーナーは、一昔前、歌舞伎町にその名を轟かせた伝説のホストだったらしい。引退するまで、老舗《しにせ》のホストクラブでナンバー1の座に居すわり続けたそうだ。身長が一五五センチしかないことを考えれば、奇跡と言えるであろう。

オーナーは、営業前のミーティングで必ず、ホストたちにトム・クルーズの話をする。「あんなチビでも、ハリウッドスターになれて、ニコール・キッドマンやケイティ・ホームズみたいな超いい女をものにしたんだ。男は外見じゃない。心だ！」と。吾輩は、トム・クルーズがスターになったのは、とてつもなくハンサムだからではないのですかと、おそれながらツッコミを入れたくなったが、ぐっとこらえて慎んだ。オーナーは、ホストたちの士気を高めるために言っているのだ。物事を斜めに見てはいけない。しかし、吾輩以外のホストたちは白けた面持《おもも》ちで突っ立っているだけだった。聖矢さん曰く、「ありえねえけど、もし、トム・クルーズがホストになったら、ヤバくねえ？」だ。何が、どうヤバいのかは教えてくれなかったが、店の全員がオーナーのトム・クルーズ談義には辟易《へきえき》していた。

だが、吾輩はオーナーを心の底から尊敬している。三十代半ばの若さで店を立ち上げ、来年には二号店を出す。愛車はポルシェ。自他ともに認める勝ち組の一人である。吸血鬼にも勝ち組の時代があったが、今となっては遠い昔。現代の吸血鬼は、面接を受けて、ホストにでもならなければ、中々、獲物にありつけない。哀しくもホストになるには少しイカつすぎて、深夜のコンビニや警備員のアルバイトで生活費を稼ぐも、血の確保に困り果てている仲間たちもいるのだ。

そういう吾輩も、かつてブサイク君（聖矢さん用語）の一人であった。タレ目で鼻が低く顔も丸い。体型もずんぐりむっくり。たまに、「アライグマみたいでカワイイ」と言われることはあっても、「カッコイイ」などと言われたことはない。

モテない吸血鬼は、悲惨の極致だ。美女の血を飲みたいのに、肝心の美女が遠ざかってしまう。

一度だけ、街で美女の方から声をかけられたことがある。しかも、向こうから「静《しず》かな場所で話がしたい」と言うではないか。寂れた雑居ビルの一室に案内されると強《こわ》面《もて》のお兄さんが待機していた。美女は、お兄さんとバトンタッチして立ち去り、吾輩は九十万円もする英会話セットを買わされそうになった。

それでも、吸血鬼としての生活がある。獲物を捕獲するために、こつこつとコンパに参加したが、成果はなきに等しかった。血を飲むためには、獲物と密室で二人きりになるのが好ましい。その部屋が防音ならなおいい。つまり、ラブホテルに誘い込めればこっちのものなのだが、そうは問屋が卸さない。誘えども誘えども、拒否。「ありえない」の一言で、ばっさりと一刀両断されれば、いくら闇を支配する吸血鬼だって、ヘコむ。そもそも、現代の東京には闇がない。品のないネオンに侵され、街中がギラギラと輝いている。大昔のように、森に迷い込んだ淑女に背後から忍びより、白い首筋に牙《きば》を立てるなんてシチュエーションは、それこそありえない。いっそのこと、田舎に引っ越すことも考えたが、獲物の絶対数が少なすぎる。そして、吾輩が目立つ。相手の息が絶えるまで血を飲み続けることはないのだが、傷を負わすことには変わりない。うっかり、ご婦人に嚙《か》みついているところを警察に見つかってしまえば、傷害罪により十五年以下の懲役または五十万円以下の罰金が科せられてしまう。

ここで、吸血鬼における誤解を解いておこう。まず、血を吸った相手も吸血鬼になるなんて与太話は、どうか信じないでいただきたい。あれは映画や漫画の中だけの出来事であって、あくまでも、吸血鬼は吸血鬼、人間は人間なのである。とりわけ、映画はやっかいだ。トム・クルーズが主演、ブラッド・ピットが助演の作品、『インタビュー・ウィズ・ヴァンパイア』での、吸血鬼＝絶世の男前というイメージは、どうか捨ててほしい。ほとんどの人間がそうであるように、ほとんどの吸血鬼もブサイク組（聖矢さん用語）なのだ。

とにもかくにも、モテなければ吸血鬼として生きていけない。一カ月や二カ月、血を飲まなくても死ぬことはないが、それでは吸血鬼としてのアイデンティティーが崩壊してしまう。何のために、この世に存在しているのか。誇りを失った吸血鬼など、うっとうしい夏の藪蚊《やぶか》と同等ではないか。

吾輩は、モテるための努力を惜しまなかった。古今東西のハウトゥ本を読み漁《あさ》り、テレビにかじりついて、福山雅治やキムタクや念のために若き日の石原裕次郎のファッションや仕草を研究した。

余計にモテなくなった。「何か痛々しい」とも言われた。吾輩は、失意の底に落ち込み、居酒屋のカウンターで、一人、焼酎《しょうちゅう》のボトルを空けた。

根本の問題である容姿を何とかしなければならない。

吾輩は、ジムに通い、区民プールで泳ぎ、体を締めた。次は整形手術である。親から貰《もら》った顔にメスを入れるのは抵抗があったが、背に腹は代えられない。

「金城武みたいにしてください」と美容整形外科のドアを叩《たた》き、見事、「どことなく、金城武に似てるよね」レベルになった。

そして、二カ月前に《ラストサムライ》の面接を受けたのである。

ホストの世界は実に厳しい。弱肉強食という言葉が、これほど、ぴたりと当てはまる業界もないのではないか。特に、新人ホストは、地獄の体験を強《し》いられる。吸血鬼が地獄と言うのも何だか照れ臭いが、これが本当にキツいのだ。

まずは、店内の掃除。手抜きは一切許されない。トイレの掃除など、「ガチで綺麗にしたんなら舐《な》めれるべ?」と、聖矢さんに便器を舐めさせせられた(ちなみに「ガチ」とは、真剣という意味である)。この儀式で、大抵の新人は音を上げて辞めてしまう。今、自分は試されているのだ。本気でホストをやっていく根性があると証明しなくてはならないと言い聞かせ、吾輩は舐めた。いつの日か、ナンバー1に上りつめて、よりどりみどりのご婦人たちの血を飲んでやる。それに、美容整形手術にかかった借金もある。ここで、逃げるわけにはいかない。

一度、営業中にゴキブリが出たことがあった。しかも、運悪く、ナンバー1の小次《こじ》郎《ろう》さんのテーブルで。

閉店後、吾輩を含む新人たち三人が集められた。

「ありえねえ。俺のドンペリダンス中にゴキブリ出しやがって」

小次郎さんは、こめかみに血管を浮かせて、拳《こぶし》をポキポキと鳴らした。モデルのような甘いマスクをしているが、気は短い。

ドンペリダンスとは、ドン ペリニヨンという高級なシャンパンをお客様が注文した際、感謝の意味を込めて、店中のホストたちが一斉に集い、奇妙な掛け声とともに踊る狂気的な儀式のことである。

小次郎さんの太客の一人、ピンサロ嬢のミヨちゃんが、「て、言うかー、今日、ブーヤに行こうと思ってー、井のヘッドから山ハンドに乗り換えたらー、超キモいオヤジにー、ケツを超触られてー、超ムカつくんですけどみたいなー、ありえないんですけどみたいなー、だから小次郎ちゃん、ピンドン入れちゃってよー」と、最高級のドンペリニヨン　ロゼを注文したにもかかわらず、ゴキブリの乱入によって、小次郎さんの顔が潰《つぶ》れたのだ。

ギャル語ほど判読不能の言語もないだろう。しかし、ギャル語を制する者がホスト界を制する。吾輩も暗記カードを使って必死に勉強した。ここで、その成果を見せようではないか。ブーヤとは渋谷、井のヘッドとは井の頭線、山ハンドとは山手線のことである。それがどうしたと問われれば、何の返答もない。

話を小次郎さんに戻そう。

「お前ら、教育的指導な」

十人以上いる小次郎さんの派閥ホストが、吾輩たちを囲んだ。

ホストが、教育的に指導するわけがない。つまり、リンチである。

瞬く間に四方八方から、パンチやキックが飛んできた。吾輩は、基本、不死身なので死ぬことはないが、痛いものは痛い。聖矢さんが止めてくれるまで、教育的指導は十五分も続いた。

次の日から、殴られた二人は店に来なくなり、新人は吾輩だけになってしまった。

かくも、ホストとは心労絶えない仕事である。

2

十二月二十六日。事件が起きた。

小次郎さんが、客の女に刺されたのである。

その日、吾輩は、聖矢さんと一緒にキャッチに出ていた。路上でのキャッチも大事な仕事だ。満席になるまで、店に戻ることは許されない。本来なら、中堅クラスの聖矢さんが路上に出る必要などない。小次郎さんに命令されたのだ。東京の冬は寒い。寒すぎる。冬のキャッチは、地獄だ。明らかに、嫌がらせである。友情パンチを途中で止めた一件で、小次郎さんは聖矢さんを目の仇《かたき》にしていた。

聖矢さんは、一匹狼《いっぴきおおかみ》のホストだ。普通、指名客のいないホストは、先輩ホストのヘルプに付くことで収入を得る。つまり、《ラストサムライ》のような完全歩合制の店では、どこかの派閥に属さなければ、生き残ることは至難の業《わざ》なのだ。聖矢さんは、そのハンデを跳ね返し、ナンバー10に名を連ねるまでのし上がった希少価値な存在だ。銀髪に黒い肌、細い眉《まゆ》。野性的な顔つきは、狼というより、ドーベルマンを思わせる。右目の上にある傷が、くぐり抜けてきた修羅場を物語っていた。族時代の通り名が〝狂犬〟なのも、頷《うなず》ける。聖矢さん曰く、「何で俺が、〝狂犬〟と呼ばれてたか教えてやるよ。喧嘩《けんか》のとき、本当に相手を嚙むんだよ」だそうだ。

吾輩は、そんな聖矢さんに、畏敬の念を抱かずにはいられなかった。吾輩も人間を嚙むが、それは、美しいご婦人限定だ。大金を積まれても、汗臭い男の肌なんて嚙みたくない。喧嘩に負けたくないから嚙む。聖矢さんは、男の中の男ではないか。

《ラストサムライ》は、臨時休業となった。店中のソファが、小次郎さんの血で汚れてしまって、営業にならなかった。それに、小次郎さんを刺した女がまだ捕まっていない。

女は、ナイフを振り回し、店から逃げたのだ。

オーナーから、聖矢さんの携帯に電話があった。「見つけた奴に十万払う。サンタクロースのコスプレをしたイカれた女だ。名前はわからん。小次郎も初めて見た客らしい」

「やってらんね」聖矢さんは、携帯を切り、風林会館の方へと歩き出した。

吾輩は、小走りで聖矢さんを追いかけた。年末、まだ時間は終電前とあって、さすがに人が多い。この凍てつく寒さの中、いろんな人種が酒臭い息を吐きながらふらついている。風林会館から飛び出してきた酔っぱらいの黒人とぶつかりそうになりながらも、ようやく聖矢さんに追いつくことができた。

「小次郎さんは、命に別状はないのでしょうか？」

「腕を切られただけだってよ。アイツ、枕《まくら》営業やりまくりだったじゃん？」聖矢さんが、嬉しそうに鼻を鳴らす。「ツケが回ってきたっつーの」

「犯人は、何でまたサンタの格好なぞしていたのでしょうね。クリスマスは終わってるのに」

「知ったこっちゃねえーよ。たぶん、どこかのキャバ嬢だべ？」

確かに、昨日までは、歌舞伎町中のキャバ嬢がサンタの扮装に身を包んでいた。どこの店も、クリスマスイベントで、てんやわんやだったであろう。何かとイベントにかこつけて、売り上げを伸ばそうと必死だ。《ラストサムライ》でも、お調子者のホストが、おそらく《ドン・キホーテ》で買ってきたであろう安っぽいトナカイの着ぐるみを着て、盛り上げようと奮闘していた。

聖矢さんは、風林会館を過ぎ、区役所通りを北に、ずんずんと歩いて行く。

「どこに行かれるんですか？」

「あそこだよ」

聖矢さんが、前方を指す。その先に、《新宿バッティングセンター》とネオンで書かれた看板が浮かび上がっていた。

その建物の存在は前から知っていた。歌舞伎町の中で、明らかに違和感を醸し出している。前を通る度に首を捻《ひね》ったものだ。高く張られたネットの中、鉄の棒を振り回して何が楽しいのか理解に苦しむ。驚くべきことに、そこの人間たちは、朝方の三時半でも、鉄の棒を親の仇かのように振り、飛んでくる白球を叩き返しているではないか。

何が目的なのか、全くもって見当がつかない。

「犯人の女捜すのかったりーから、時間潰すぞ」

「……ここでですか？」

「おめえ、野球嫌いなのかよ？」

バッティングセンターの入り口で立ちすくむ吾輩を見て、聖矢さんが眉をひそめた。

パキーン、パキーンと乾いた金属音が聞こえる。

「いや……そういうわけでは」

野球の好きな吸血鬼がどこにいよう？　我々一族は、球遊びなんぞに興じている暇などない。そもそも、デーゲームのときはどうする？　さんさんと輝く太陽の下、転がる玉を追いかけ回す吸血鬼がいたら、御先祖様たちは大いに嘆き悲しむことだろう。

「俺がかっ飛ばしてえんだから、付き合えっつーの」

むろん、断るなんてもってのほかだ。体育会系のホストの世界では、先輩の言うことは絶対なのである。

「喜んでお供させていただきます」

「侍かよ！」聖矢さんが、吾輩の頭を鋭く叩く。「おめえは、その言葉づかいからなんとかしねえと話になんねーな」

バッティングセンターは、大盛況だった。

忘年会帰りと思《おぼ》しきサラリーマンの集団が、やんや、やんやと打席に立つ同僚に冷やかしともとれる声援を送っている。

ここは息が詰まるほど狭い。入ってすぐにネットがあるにもかかわらず、わずかなロビーのスペースにゲーム機が並んでいる。カーレースのゲームでは、カップルが「ぶつかる！　ぶつかる！」と悲鳴をあげ、太鼓のゲームでは、コンパで敗北したであろう青年が、涙目で歯を食いしばり、ダイナミックにバチを打ち込んでいた。対戦型の格闘ゲームでは、やんちゃなホストのコンビが「瞬殺すんぞ！」「やってみろや！　ゴラァ！」と、本当の格闘に発展しそうな勢いである。

「げっ。うぜー。混《こ》み混みでやんの」聖矢さんは、げんなりと顔を歪《ゆが》め、ルイ・ヴィトンの財布から千円札を出し、吾輩に渡してきた。

「お小遣いなんていただけません」

吾輩は恐縮して、千円札を返そうとした。

「馬鹿野郎！」再び、聖矢さんが、吾輩の頭を鋭く叩く。「両替しろって言ってんだべ？」

なるほど。そういうシステムなのかと一人納得して、両替機の前に立つ。ネットに、《1ゲーム300円》と貼《は》り紙がしてあった。この値段が高いのか安いのかわからないが、吾輩には関係ない。二度と、こんな混沌とした空間に足を踏み入れることはないのだから。

「お待たせしました」

吾輩は、全て百円玉に化けた千円を聖矢さんに渡そうとした。しかし、聖矢さんが手にしたのは七枚だけだった。

「おめえもかっ飛ばせや」

聖矢さんは、吾輩を一人置き去りにして、さっさと空いている打席に入っていってしまった。

かっ飛ばせと言われても……。

吾輩は、手の平に残された三枚の百円玉をじっと見つめた。

むろん、バッティングなど初体験である。なぜか、尻の辺りがムズムズと落ち着かない。

さて、どこの打席をチョイスすべきか。我輩は、空いている打席を吟味した。賑《にぎ》やかなサラリーマンの集団の近くは避けることにした。恥をかくなら、一人でひっそりとかきたい。

吾輩は、一番左端の打席に目を付けた。あそこならば、聖矢さんとも離れていて好都合だ。

打席のドアの上に、《左打席》という看板が掲げられている。何が左なのか？　他はほとんど《右打席》だ。どう違うのか？　右も左もわからないとはこのことだ。

いざ、打たん。吾輩は覚悟を決め、打席へと続くドアを開けた。ひんやりと冬の冷気が頬《ほお》を撫でる。

足元に、白い線で囲われたエリアがある。ここに入れというのか。右の隅に、鉄の棒が三本立てかけてあった。どうやら、長さや重さが違うらしい。吾輩は、真ん中の棒を手に取った。予想よりも軽い。

さあ、いつでも来い！

吾輩は、見よう見まねで、鉄の棒を頭の横に構えてみた。ひどく気恥ずかしい。こんな、ガニ股のポーズでいいのだろうか？

待てども待てども、球はやって来ない。

なぜだ？　そうか、金を入れてないからか。どこに入れるのだ？　皆目見当がつかない。聖矢さんに訊こうかと思ったが、「球が、おっせー！」と吠《ほ》えながら、鉄の棒を振り回しているので止《や》めた。さわらぬ聖矢に祟《たた》りなしだ。

背後に気配がした。隣の打席に、人が入ってきたらしい。ここは、恥を忍んで訊いてみるとしよう。

吾輩は振り返り、固まった。

サンタクロースが、鉄の棒を持って立っている。いや、サンタのコスプレをした若い女だ。赤と白のミニスカのワンピースで、白いフワフワがついた赤い三角帽をかぶっていた。

女は、流れるようなしぐさで、右耳の横に鉄の棒を立てた。吾輩とは違い、さまになっている構えだ。

隣は《右打席》らしく、女は背中を向けていた。吾輩からは、女の横顔しか見えなかったが、美しさを知るにはそれで十分であった。

スラリと伸びた四肢に、溢《あふ》れる美女のオーラ。ファッションモデルだと言っても通用する。たとえるならば、和風ナタリー・ポートマンであろう。カールした栗色の長い髪、絹のように滑らかな肌、長いまつ毛の下に、黒い宝石のような瞳が鈍く輝いている。赤い唇は、熟れた南国の果実のようだ。鼻がもげそうな陳腐な表現の羅列だが、致し方ない。それほどまでに、麗しく美しいのだ。特筆すべきは、うなじだ。首筋に浮かぶ青い脈を見ていると辛抱たまらなくなってくる。吾輩の喉は、真っ赤に焼けた石を飲み込んだかのように熱くなってきた。

驚くべきは、サンタのワンピースが、ノースリーブだということだ。この季節に、寒くないのだろうか？

ウィインという機械音とともに、ピッチングマシンのアームが動き出した。

和風ナタリーが左足を軽く上げ、タイミングを計る。黒いストッキングの太ももが剝《む》き出しになり、妙に艶《なま》めかしい。果敢にも赤いピンヒールで、マシンに挑む気だ。

シュルルルと唸《うな》りを上げて、白球が飛んできた。

ブン。パキーン。

撥《は》ね返された白球が、ものすごい速度でネットに突き刺さった。

目の覚めるような見事なスイングである。腰の捻りといい、手首の返しといい、明らかに素人のそれではない。

二球、三球、四球、五球……。和風ナタリーは、面白いように、全ての球を打ち返した。

この女の血を飲みたい。いや、飲まなければならない。吸血鬼として生まれてきたからには、必ずや嚙みついてやる。

何と声をかければいいだろう。思い切って、バッティングを教えてもらおうか。今まで、出会ったことのないタイプのご婦人だ。鉄の棒を軽々と振り回すサンタクロース姿の美女。言うまでもないが、異様な光景である。正攻法で攻めるべきか、それとも、虚を衝くか……。待てよ。サンタクロース？

『サンタクロースのコスプレをしたイカれた女だ』

吾輩は、オーナーの言葉を思い出した。

この女が、小次郎さんを刺したのか？　なぜ、バッティングセンターに？　悠々と、バッティングを楽しんでいる場合ではないだろう。

「あっ！　いた！」

区役所通りから声が聞こえた。見た顔のホストが、ネット越しに、和風ナタリーを指している。小次郎一派の一人だ。

「マジかよ！」「どこ？　どこだ？」「逃がすんじゃねえぞ！」

わらわらと、一派が集まってきた。十人はいるであろうか。全員、鬼のような形相で、怒りを露《あら》わにしている。

「あっちゃー、見つかっちゃった」和風ナタリーが、バッティングの手を止め、舌を出す。

「拉致《らち》れ！」ホストたちが、バッティングセンターの入り口へと走り出した。出入り口は、一カ所しかない。当然、和風ナタリーは、袋の鼠《ねずみ》となるわけだ。

「やべっ」和風ナタリーが、鉄の棒を置いた。

ヤバいのであれば、バッティングセンターなぞに、寄り道しなければいいのに。吾輩は、呆《あき》れて溜息《ためいき》をついた。せっかくの極上の獲物を横取りされるのは癪《しゃく》にさわる。

警察に突き出されるのか、もっと恐ろしい目に遭うのか、いずれにせよ、和風ナタリーの運命は終わったのも同然だ。ああ、何と勿体《もったい》ない。

閃《ひらめ》いた。吾輩が、和風ナタリーを助ける。恩を売るのだ。浦島太郎の亀ではないが、助けたお礼に、血を飲ませてくれるなんてことがあるやもしれない。

吾輩は、鉄の棒を二本抜き、両手に持った。二刀流である。

3

憧《あこが》れる男を一人挙げろと言われれば、文句なしに宮本武蔵である。ちなみに第二位は、野茂英雄だ。野球は好きではないが、アメリカ野球に、先駆者として猛然と立ち向かった彼を、吾輩は心から尊敬している（三位のランキングは流動的に変わる。最近までは、松田優作だった）。

宮本武蔵の存在は吾輩の住処《すみか》で知った。漫画喫茶である。吸血鬼としての最大の悩みは家を借りることができないことだ。身分証がないのだから、仕方がない。仲間の中には、免許証等を偽造してマンションやアパートを借りるものもいることにはいるが、それではリスクは否めない。隣に美しい独り暮らしの女子大生でも住んでいようものなら、己の欲望と闘わなければならないではないか。それと、もう一つ、吾輩が固定の住所を持てない理由があるが、それは後ほど説明しよう。

漫画喫茶以前は、サウナを住処としていた。蜂の巣のように並ぶ狭い寝床は、吸血鬼にとっては居心地が良い。棺桶を思い出し、ノスタルジーを感じたものだ。ただ、やっかいなことに、邪魔者がいた。

ゲイである。なぜか、新宿には多い。多いと言うか社交場になっていた。整形してからというもの、ゲイが、揃《そろ》って吾輩に興味を示し出した。やたらと臀部《でんぶ》を撫で撫でしてくるので、おちおち眠ることもできない。

ただ、漫画喫茶に移動した吾輩は、ますます眠れなくなった。漫画が、面白いからだ。いやはや、漫画ほど、時の経《た》つのを忘れさせるものはない。気がつけば、出勤の時間になっていることはしょっちゅうなのである。

中でも、『バガボンド』は秀逸な作品であろう（当然ながら、『スラムダンク』も大好きである）。吾輩は、無我夢中で読んだ。

宮本武蔵。実在の人物だったとは、よもや信じ難い。強すぎるではないか。吾輩の勝手な想像だが、宮本武蔵は、吸血鬼だったのではなかろうか。インターネットで調べると、「武蔵は童貞だった」とする文献があるらしい。やはり。吸血鬼ならば性交を求める必要はない。血さえ飲めればいいのだ。

漫画喫茶の欠点は、礼儀に欠ける若者たちが多いことだ。一度、酔った若者たちと揉《も》めたことがある。

集中して、『バガボンド』の二十八巻を読んでいる吾輩の横で、カップルが騒ぎ出した。

「ちょっと、どこ触ってんの。ありえない」と女。

「いいじゃん、いいじゃん」と男。

ホテル代のない貧しい若者が、性交に挑戦しようとしているらしい。

吾輩は、憤慨した。なぜ、こうも、馬鹿な男ほどモテるのか。整形までして、便器まで舐めている吾輩は、全く女に相手にされないというのに。

「静かにしてくれ」吾輩は、隣のブースに向かって言った。

クスクスと笑い声が聞こえた。やれやれとページをめくったのだが、いくらも経たないうちに、また、おっぱじめた。今度は、喘《あえ》ぎ声まで聞こえてきた。しかも、喘いでいるのは男の方だ。

許せん。吾輩は、立ち上がり、ブースを出た。せっかく武蔵が吉岡一門七十人斬《ぎ》りをしているというのに、全く世界に入り込めないではないか。

「余所《よそ》でやれ！」吾輩は、カップルたちのブースのドアを蹴った。

「キャア！」男の一物をくわえていた女が、目を丸くして悲鳴を上げた。

「何だ？　てめえ！　変態かよ！」男が、ズボンをずり上げながら叫んだ。

こっちの台詞である。公共の場で好き放題やっておいて、それはないだろう。

「表に出ろ」と言われたので表に出た。

男は全身ブカブカの服装で、《LA》とロゴが入ったキャップを必要以上に斜めにかぶっている。いわゆるBボーイだ。

Bボーイは、特殊警棒を出し、吾輩の脳天に振り落とした。目から火花が出て、気絶した。「表に出ろ」とは、喧嘩をする合図だと、そのとき初めて知った。

吸血鬼は基本無敵だが、喧嘩が強いわけではない。空も飛べないし、ましてや、蝙《こう》蝠《もり》などに変身するわけがない。それもこれも、映画の影響だ。

特に、吾輩は、争いごとが大の苦手なのだ。


吾輩は、鉄の棒の二刀流で、和風ナタリーを捕らえようとするホストたちの前に立ちはだかった。

ホストたちだけではなく、和風ナタリーまでもが口をポカンと開けて驚いた。

「何やってんだ、おめえ……」騒ぎに駆けつけた聖矢さんも、信じられないという顔をしている。

吾輩も、自分の取った行動が信じられなかった。膝《ひざ》がガクガクと震えてくる。

「どけよ」浜田《はまだ》という名のキツネ顔のホストが、吾輩の腕を摑《つか》もうとした。

先手必勝だ。吾輩は、キツネ顔の手を打った。

「痛《い》てえ！」キツネ顔が、飛び上がって、悲鳴を上げる。

「吾輩の後についてきてくれ」吾輩は、振り返って、和風ナタリーに言った。

「吾輩？」和風ナタリーが答える。

「ともに逃げよう」

「どこに？　て、言うか、誰？」

ごもっともだ。だが、今は説明をしている時間はない。

「ざけんじゃねえ！」

ベタな台詞を叫びながら、キツネ顔が、飛び掛かってきた。

もう一度、鉄の棒を振り降ろす。読まれていた。キツネ顔が、真剣白刃取りで、鉄の棒をはっしと摑んだ。

おおっと、ホストたちが歓声を上げる。甘い。こういうときのための二刀流だ。吾輩は、もう一方の鉄の棒で、キツネ顔の側頭部を殴りつけた。うーんと唸って、キツネ顔が床に倒れる。

やってしまった。これで、もう後には退《ひ》けない。先輩を殴ってしまったのだ。《ラストサムライ》で働くことは諦《あきら》めなければならない。

「何だ、コラッ!」「ありえねえ!」「ぶっ殺すぞ!」ホストたちの輪から、怒号が飛び交う。ひとまず、狙《ねら》いは和風ナタリーから吾輩に移った。問題は、突破できるかだ。

宮本武蔵の剣をイメージしろ。敵は、たったの十人ちょいではないか。

「いざ」吾輩は、和風ナタリーに向かって頷いてみせた。

「う、うん」和風ナタリーも、思わず頷く。

うおおおおおと、少年漫画的な雄叫《おたけ》びを上げ、吾輩は、両手の鉄の棒を扇風機のように振り回し、走り出した。傍《はた》から見ると、完全な狂人である。

「危ねえ!」ホストたちが蜘蛛《くも》の子のように散る。

吾輩はバッティングセンターから飛び出し、一目散《いちもくさん》に駆けた。区役所通りを渡り、ラブホテル街の方へと向かう。作戦としては、逃げることを口実に、和風ナタリーをラブホテルに連れ込もうという魂胆《こんたん》だ。

どのホテルにする？　手持ちは寂しい。財布の中には、一万五千円しかない。高そうなホテルは避けるが、あまり安っぽいのも萎《な》える。極上の女の血を飲むのだ。ムードは大切にしたい。吾輩はホテルを物色しながら、幾度も角を曲がり、全力疾走した。

いい感じのホテルが見つかった。ロココ調の外観が、紫の卑猥《ひわい》な照明に照らされて、何だかいい。看板に掲げてある値段も手頃だ。吾輩は足を止め、振り返った。

誰もいない。しょぼくれた野良犬が一匹、吾輩の前を横切って行っただけだった。

オーマイガッである。和風ナタリーは、ついてきていなかったのだ。ひどく傷ついた。吾輩の決死の行動が、全くの無駄になってしまったのだ。

と、言うことはだ。和風ナタリーは、ホストたちに捕まってしまったということになる。

君子、危うきに自ら飛び込む……か。吾輩は、溜息を飲み込み、走ってきた道を急いで戻った。

途中、電気の消えたイタリアンレストラン《ガンコーネ》の前を通りかかったとき、ふと名案を思いついた。

《モテる男は料理ができる》

漫画喫茶の雑誌コーナーでこの見出しを発見したとき、吾輩の目から鱗《うろこ》がぼろりぼろりと何枚も落ちた。なるほど、どうりで吾輩がモテないわけだ。

吸血鬼は、食欲がない。食欲だけでなく、性欲、睡眠欲など、人間が抱えるあらゆる欲がない。あるのは、美しいご婦人の新鮮な血を飲みたい。この一点に尽きる。

さっそく、その雑誌を読んでみた。《彼氏に作ってほしい料理》というアンケートが掲載されていた。第一位は《パスタ》とあった。

吾輩は愕然《がくぜん》とし、漫画喫茶の染みだらけの天井を見上げた。

嗚呼《ああ》、憎きパスタめ……。パスタには、一度、酷《ひど》い目に遭わされている。ブサイク君時代に、珍しくコンパで獲物のOLをゲットできたのだが、日を改めてのデートでのイタリアンレストランで不覚にもペペロンチーノを注文してしまったのだ。それ以来、パスタとは疎遠の仲だ。

しかし、パスタを克服しなければ、美女の血にありつくことはできない。モテ男への道は、なぜ、これほどまでに険しく困難なのか。

まずは、本物の味を研究することにした。インターネットで、《美味《おい》しいパスタ新宿》と調べると、立ちどころに、数多くの店の名前が出てきた（漫画喫茶は便利この上ない)。

一つ気になる店を見つけた。

《ガンコ親父《おやじ》のイタリアン　ガンコーネ》とある。明らかに、この店のネーミングセンスが異彩を放っている。続いて、《極上の素材をこだわりの自家製手打ちパスタで》とあった。

そして、《当店は、前菜やメインなどはありません。ペペロンチーノ一本で勝負しているイタリアンです》とも。それで、イタリアンと言えるのか。極上素材も何も、ペペロンチーノは、ニンニクと唐辛子しか具材はないではないか。しかも、値段は五千円となっている。

狂気の沙汰だ。ガンコにも程がある。ただ、この親父の並々ならぬ自信がパソコンの画面からひしひしと伝わってきた。よっぽど美味《うま》いのか。この不景気に、敢えて、茨《いばら》の道を歩む親父の姿勢に共感を覚えた。店の住所は、新宿三丁目とある。漫画喫茶からも近い。善は急げ、だ。吾輩は、《ガンコーネ》に行くことにした。

《ガンコーネ》は古ぼけたビルの地下にあり、素晴らしくしゃれた店だった。白を基調とした壁や天井を、柔らかい間接照明が温かく照らしている。ただ、哀しいかな、ガラガラだった。客は、カウンターの端に一人だけだ。

「いらっしゃいませ」キッチンから、親父が出てきた。

期待通りのガンコ顔だ。ミスター・ガンコの称号を捧げてもいい。一応、コックコートは羽織ってはいるが、そのムスッとした表情は、イタリアンのシェフと言うよりは、寿司屋の大将のそれだ。どうやら、親父独りで店を切り盛りしているらしい。

「どうぞ、ここに座ってください」ガンコ親父は、一人しかいない客の隣の席を指した。

客は、茶色のダブルのスーツを着こなしている中年の男だった。背中をしゃんと伸ばし、チーズをあてに、赤ワインをちびちびと飲んでいる。

なぜ、この席に？　もうすぐ二十人の団体客が来店するとでもいうのか？　しかし、どうぞ、と言う親父の目は本気だ。

吾輩は、渋々と男の隣に腰掛けた。高級な革張りの椅子で、座り心地は悪くない。

「ペペロンチーノをください」吾輩は、お目当ての品を注文した。

「本日はできません」親父が即答した。「納得できるニンニクが市場になかったもので」

目《め》眩《まい》がした。吾輩は、一体何をしにきたのであろう。

「では、赤ワインを」

「かしこまりました」

「それと、チーズもください」

「チーズはございません。うちは、ペペロンチーノ一本でやらせてもらってるんで」

と言い残し、親父はさっさとキッチンへと引きあげて行った。

では、隣の男がモグモグと食べているこのチーズはどこから来たのだ？

「これは、俺の持ち込みだよ」男が、吾輩の顔を見て言った。低音で響く、いい声だ。「分けてやるよ。遠慮せずに食べな」

男は、チーズの皿を吾輩に寄せた。堅気《かたぎ》の人間ではないことは、すぐにわかった。古いタイプのアウトローだ。年の頃は、四十代後半。髪が薄いのに、髪をポマードで後ろに撫でつけているので、額には立派なMの字が描かれている。だが、ダサい禿《は》げ中年ではない。むしろ渋い。男の色気が滲《にじ》み出ている。たとえるなら、若い頃のジャック・ニコルソンと言ったところか。と、そう思ったとき……。

「よく言われるぜ。『チャイナタウン』の頃のジャック・ニコルソンだろ？」男が、得意気に眉を上げた。広い額に、三本の深い皺《しわ》が刻まれる。「ただ、こう見えても、まだ三十七歳なんだ。そこんとこよろしくな」

背中に冷や水を浴びせかけられたような悪寒が走った。

この男は、吾輩の心を読んでいる。

「心は読んでいない」と、男は読んでいるとしか思えない返答をした。「職業病だよ。そう気味悪がるな」

「お仕事は何を……」吾輩は、おずおずと訊《たず》ねた。

「弁護士だ」男は、背広の内ポケットから、金色のシガレットケースを出した。「依頼人や、検察官、裁判長が何を考えているかぐらい読めないと稼げない」細い葉巻を取り出し、吸い口を金色の鋏《はさみ》でカットした。もう一本、葉巻を取り出し、同じように鋏でカットしようとする。

吾輩に吸えというのか？　吸血鬼は、決して煙草を吸わない。愛煙家の吸血鬼なんて聞いたこともない。毒で、口の中を汚してしまえば、せっかくの血の香りが台無しになってしまうではないか。

男が、鋏の手を止めた。「煙草は嫌いか？」

吾輩は素直に頷き、ホッとした。さすがに、吸血鬼ということまでは読めなかったようだ。

「土屋《つちや》だ」男は、葉巻の代わりに右手を差し出してきた。

吾輩も右手を出し、握手をした。土のように冷たく、硬い手だ。

困った。何と名乗ろう。吾輩に名前はない。吸血鬼ネームは持っているが、長い、地球上の言葉では発音できないので名乗ることはできない。

「……タケシです」とりあえず、金城武から頂戴《ちょうだい》した。

「偽名か」土屋が、マッチで、葉巻に火をつける。「まあ、いいけどな」

「吾輩の仕事は……」

「ソムリエだろ？」

どこをどう見て、その答えが導かれたのか？　吾輩の格好は、誰が見てもホスト丸出しなのだ。

「煙草を吸うと、せっかくの飲み物が不味《まず》くなってしまう。そんな顔してたぜ」

土屋は、目を細め、葉巻の煙を美味そうに吐き出しながら言った。

バッティングセンターには、もう和風ナタリーの姿はなく、ホストたちもいなかった。

吾輩は、一枚の名刺を取り出し、携帯から電話をかけた。

「おう。タケシじゃねえか。ずいぶんと久しぶりだな」

携帯電話の向こうで、土屋が嬉しそうに笑った。

《ガンコーネ》が潰れてから、土屋とは会っていない。ペペロンチーノを食べるために何度もあの店に通い（結局、食べることはできなかったし、土屋以外の客に出会ったことがなかった）、土屋には、可愛がられた。「困ったことがあったら、電話しな」と、最後の夜に名刺をくれたのである。

「困ったことが起きました」吾輩は、率直に言った。「助けてください」

「その声のトーンだと、女絡《がら》みだな」

相変わらず、土屋の読心術は冴《さ》えていた。

4

「そこで待ってろ。五分で行く」

土屋が電話を切った。

土屋の法律事務所は、歌舞伎町のど真ん中、風俗ビルの一角にある。そんな場所にあるくらいなのだから、顧客は言わずもがな、一筋縄ではいかない連中ばかりだ。

「歌舞伎町は、宝の山さ」と、土屋が《ガンコーネ》のカウンターで、少しワインに酔いながら言ったことがある。「トラブルが俺の飯の種だ。この街では、潮干《しおひ》狩りの浅蜊《あさり》みたいに、次から次へとトラブルが生まれるんだ」

金は取られるのだろうか。ふと、そんな考えが過《よぎ》った。これは依頼になってしまうのか。なるだろう。吾輩も数ある浅蜊の一つなのだ。だが、金の問題ではない。一刻も早く、和風ナタリーを救出しなければ。あれほどまでに極上のご婦人は、そうはいない。きっと、彼女の血を飲めば至福の瞬間が訪れるはずだ。

焦りが募る。一秒、一秒がもどかしい。和風ナタリーは、おそらく《ラストサムライ》に監禁されている。酷い目に遭ってなければいいが。

『見つけた奴に十万払う』オーナーがそう言ったからには、何らかの落とし前はつけさせるつもりだろう。小次郎さんという大事な商品を傷つけられたのだ、簡単な落とし前では済まないのは明白である。歌舞伎町でホストクラブを経営するということは、バックにヤクザがついていることを意味する。考えうるパターンとしては、暴力を盾に莫大《ばくだい》な慰謝料を請求し、ヤクザのコネクションを使って、和風ナタリーをソープに沈める。あの素材なら、ソープ嬢として大活躍してしまう。瞬く間にナンバー1になり、ＡＶデビューするだろう。ＡＶ界で散々コキ使われ商品価値がなくなったら、ストリップ嬢として地方にドサ回りさせられるに違いない。ヤクザの手に和風ナタリーが渡ってしまえば一巻の終わりだ。ヤクザは、和風ナタリーという金の卵を決して手離さないだろう。

「久しぶりやね」女のダミ声が背後から聞こえた。「ずいぶんと捜したで」

吾輩は、一瞬、目を閉じた。最悪のタイミングで、この世で一番会いたくない人間に会ってしまった。

飛べ。吾輩はアスファルトを蹴《け》り、左横に飛んだ。遅かった。右腕に焼けたような痛みが走る。

「惜しいわぁ」女が嬉しそうに言った。

吾輩は右腕を押さえながら、声の主を見上げた。

やはり、そこには板東英子《ばんどうえいこ》が立っていた。いつものおかめ顔でニタリと笑いながら、吾輩を見下ろしている。手に、十字架型の短剣を持って。

吾輩は、訳あって、この女に命を狙われていた。吸血鬼は基本無敵とは言ったが、稀《まれ》に、吸血鬼を殺すことができる人間もいる。

板東英子も、そのうちの一人だ。

富士山に登ろうとしたことがある。

《アウトドアの達人がイイ男の条件》みたいな雑誌の記事を読んで、聖矢さんに相談したら、「じゃあ、富士山に決定だべ？」と、勝手に決定され、勝手にレンタカーを借りてきやがったのだ。

　キャンプとか湖で釣りとかをイメージしていた吾輩は、それはアウトドアと言うよりは、登山になってしまうのでは、と抗議したかったが、「富士山はヤバい。高いもん」と、興奮してハンドルを握る聖矢さんには、何も言えなかった。

「ちょっとウンコ」と、聖矢さんが、東名高速道路の途中の駒門《こまかど》ＰＡで車を停めた。天気が良く、富士山がはっきりと見えた。何と巨大で、神々しい山なのか。今からあの山に登るのかと思うと、聖矢さんほどではないが、自ずと気分が高揚してしまう。

　駒門ＰＡでは、富士山の地下から湧《わ》き出る天然水《駒門の水》を自由に汲《く》むことができ、車から空のペットボトルを持って降りる人が目立った。

「何だよ、これ」トイレから出てきた聖矢さんが叫ぶ。「おい、これ見てみろよ」

　聖矢さんが、デパートのおもちゃ売り場での子供のように、足をジタバタさせて、看板を指している。看板には、大きい太字で《駒門風穴《かざあな》》とある。横に《国指定天然記念物》《日本最大の溶岩洞窟》とも書いてあった。

「ヤッベえって！　ぜってえ！　ヤバいって！」聖矢さんのテンションがマックスま

で上がった。「ここに行くっきゃないっしょ！」
「あの……富士山は」
「富士山どころじゃねえべ！　日本最大の洞窟だべ？　探検するしかねえだろ？」
こうなったときの聖矢さんは、止められない。吾輩たちは駒門PAに車を停めたま
ま、洞窟へと向かった。
のどかな田舎道をとぼとぼと十五分ほど歩くと、神社のように小さな鳥居が見えて
きた。
入り口の看板を読むと、三百年前の富士山の大爆発による溶岩によってできた洞窟
とのことだ。長さは、本穴で二百九十一メートルもある。
これはこれで、テンションは上がる。吸血鬼として、暗くジメジメしたところは嫌
いではない。蝙蝠もいるというではないか。いや、逆に好きである。
入り口で入場料を払い、施設内に入ると、地面がぽっかりと口を開けていた。吸血
鬼から見ても、不気味な雰囲気だ。
「これって、『インディ・ジョーンズ』だべ？」聖矢さんの目は、キラキラと輝いて
いる。
穴の中に下りていくと、空気がひんやりと冷たくなる。足元は、溶岩流が波打った

形で固まっている。神経を尖《とが》らせないと転んでしまいそうだ。

天井から、びたびたと水が落ちてきた。「冷てー」と、聖矢さんが騒ぐ。設置されている照明が洞窟内を照らし、妖しい雰囲気を演出している。

吾輩たちの他に、一組だけ家族がいた。父親は、リチャード・ギアのようなナイスミドル。小学生とおぼしき男の子も、驚くほど美男子だ。ただ、母親はおかめ顔だった。

家族はもう帰るところで、吾輩たちとすれ違い、洞窟を出て行った。すれ違いざま、おかめ顔の母親が、吾輩に軽く会釈した。

洞窟を奥へと進むと、立入禁止の看板が出てきた。洞窟は、まだ先へと続いているが、危険区域らしい。照明も当たっておらず、真っ暗だ。

聖矢さんは、看板を無視して先へと進んだ。当然、吾輩は、進むのを拒否した。天井が崩れでもして、閉じ込められたら洒落《しゃれ》にならない。

「ここからが真の探検だろうが」聖矢さんが舌打ちをする。「一人で行くからいいよ。おめえは、見張っとけ。誰か来たら教えろよな」と、鼻唄で、『インディ・ジョーンズ』のテーマを歌いながら、洞窟の闇へと消えて行った。何とも無謀な男だ。怖いもの知らずなのか、馬鹿なのか。

吾輩は、一人、洞窟に取り残された。辺りはしんと静まり返り、ぴちゃぴちゃとかすかな水の音しか聞こえない。

さすがに心細い。照明が途切れている闇の部分から、魔物がぬっと顔を出しても不思議ではない気がしてきた。

洞窟の入り口に人影が見えた。さっきのおかめ顔の母親だった。一人だけで、他の家族の姿は見えない。落とし物でもしたのだろうか。吾輩は、正直ほっとした。

母親がこちらへ近づくにつれ、異変を感じた。母親は、手に、三十センチほどの細長い棒を持っている。それが十字架型の短剣だとわかったとき、すでに間合いに入っていた。

ああ、これが、俗に言う〝狩人〟か。吸血鬼界の都市伝説だと思っていたのに。ほんとにいるんだ。

おかめ顔は、信じられない身のこなしで、溶岩の塊《かたまり》を踏み台にし、宙を舞った。短剣の刃先に、照明が当たり、キラリと光る。何の躊躇《ちゅうちょ》もなく、吾輩の眉間《みけん》をめがけて、短剣を突いてきた。吾輩はひらりとかわした。というより、転んだ。全身から、どっと汗が噴き出す。聖矢さんに助けを求めたいが、恐怖で声が出ない。

〝狩人〟と呼ばれる人間たちが存在して、吸血鬼を手当たり次第に狩っている噂は聞いたことはあったが、その対処法までは聞いていない。何人かの吸血鬼が、殺されたらしい。あの短剣で刺されたら死ぬのだろうか？　そういえばどうやって殺されるのかも聞いたことがない。何と無責任な噂だ。普通、吸血鬼は、刃物で刺されたぐらいでは死にはしないが、試す勇気はない。純和風のおかめ顔に、西洋の騎士が持っていそうな十字架型の短剣は全く似合ってはいないが、何だか妙な説得力がある。

「どうも、初めまして。板東英子と申します」女のダミ声が、洞窟内に響く。「お兄さん、吸血鬼やろ？　どことなく、金城武に似とるね。今までウチがやっつけたヴァンパイアの中で一番かっこええわぁ」おかめ顔が、ニタリと笑った。

怖い。関西弁も怖い。その顔で、ヴァンパイアなんて言ってほしくない。それにしても、なぜ、吾輩が、吸血鬼だとわかったのだろう？　探知機でも持っているのか？それとも、吸血鬼の〝匂《にお》い〞を嗅ぎ分ける特殊能力でもあるのか？

考えている場合ではない。板東英子が、地面を蹴った。髪の毛を振り乱し、馬乗りになろうと襲ってくる。生まれてこの方、こんな恐怖は味わったことはない。反射的に、小便を漏らしてしまった。屈辱この上ないが、吸血鬼も、怖ければ、漏らす。

板東英子は、両手で短剣を握りしめ、執拗に眉間を狙ってくる。吾輩は体を捻り、洞窟の中を転がった。ゴツゴツとした溶岩が、痛い。

「往生際が悪いよぉ」粘っこい声で、板東英子が迫る。

冗談じゃない。往生際も何も、こんな穴の中で死んでたまるものか。借金をしてまで、金城武になった意味がないではないか。整形してから、まだ、一人の血も飲んでいないのだ。

「まず、動きを止めなあかんねぇ」板東英子が、カーディガンの下から黒いものを出した。

スタンガンだった。バチバチと散る火花で、洞窟内が幻想的に照らされる。

万事休す。ハリウッド映画的に言えば、「シット！」である。吾輩は、歯を食いしばり、体を貫くであろう電流に備えた。

「お母さーん。お財布見つかったー？」洞窟の入り口から、子供の声が聞こえた。

板東英子が、舌打ちをして、攻撃の手を止める。「お兄さん、運がいいねぇ」そして、ニタリと笑う。夢に出てきそうな、おかめ顔だ（実際にこれ以降、何度も出てきてうなされた）。

「では、また、お会いしましょう。今度は、ウチの方から伺いますよってに」と、言い残し、板東英子は去って行った。

天の助けだった。子供が迎えに来るのが後、何分か遅かったら、吾輩は殺されていたかもしれない。

　この日、わかったことは二つ。〝狩人〟は実在する。そして板東英子は、正体を家族に秘密にしている。それらがわかったところで何の対策も立てようはないが。

「おめえ、何、寝ころがってんだよ」聖矢さんが洞窟探検から帰って来た。「蝙蝠にでも襲われたのか？　ダッセえな」と、鼻で笑った。


「まず、動きを止めなあかんねぇ」

　お約束の台詞を吐き、板東英子が、ダウンジャケットのポケットからスタンガンを出した。ダウンジャケットの色はピンク。その下のピタリとしたパンツは紫。何と派手な〝狩人〟だろう。和風ナタリーのことで頭が一杯だったとはいえ、背後に忍びよられるなんて不覚だった。

　吾輩が、住居を借りず、漫画喫茶を定宿にしているのは、追われていたからというのも一つの理由だ。

　バチバチ。左手にスタンガン。右手に短剣。さすがの歌舞伎町でもこれは目立つ。何事かと、何人かの通行人が足を止めた。

「助けてください！」咄嗟《とっさ》に吾輩は叫んだ。

なぜか、笑いが起こった。素早く周りに目を走らせて愕然とした。野次馬たちは、呑気《のんき》な顔で携帯を出し、写真を撮っている。「テレビ？」「カメラがないよ」「どこかにあるって」「倒れてる人カッコ良くない？」「女の人は芸人かな？」

やはりそうか。おかめ顔で武器を構えられても、現実感がないのだ。

またもや、万事休す。だが、今回は助かる見込みがある。

「思った通り、女絡みだったな」

五分ちょうど。さすが、弁護士だ。時間にはうるさい。

「奥さん、まずは冷静に」土屋が媚《こ》びた笑みを浮かべる。

今夜の土屋の装いは、一目で高級だとわかる白いスーツ。もちろん、ダブルだ。

5

「私、こういう者でして」

土屋が名刺を出し、板東英子に渡そうとした。両手が武器で塞《ふさ》がっている板東英子は、受け取ろうとしない。「なるほど」土屋が大げさに両眉を上げ、額に深い皺を三本作る。

「邪魔せんとってくれる？」板東英子が、土屋の顔の前でスタンガンをバチバチと鳴らした。「怪我《けが》したくなかったら、引っ込んどいて」

ハハハと土屋が笑った。だが、目は笑っていない。合わせて、板東英子もフフフと笑う。もちろんこちらも、目は笑っていない。

ハハハハ。フフフフ。ハハハハハ。フフフフフ。我慢比べであるかのように、笑い合っている。

土屋が笑顔のまま言った。「この街で、俺を敵に回さない方がいい」

「ウチ、大阪人やから関係ないねん」板東英子が笑顔のまま言い返す。

二人は同時に、笑うのを止めた。

板東英子がスタンガンを突き出した。土屋は、いとも簡単にその手を掴む。続いて、襲ってきた短剣の右手も、軽く受け止めた。まるでダンスの振り付けのように、予定調和な動きに見える。

「物騒なものを持ってるな」土屋が短剣をしげしげと眺める。「奥さん、イケイケだね」

板東英子が、土屋の股間に向けて右足を蹴り上げた。土屋は、この攻撃も難なく両手で受け止める。予測していなければできない動きだ。やはり、土屋は人の心を読めるとしか思えない。

「やるやん。お兄さん」板東英子が、悔しそうに頬をヒクつかせた。「素人じゃないね」土屋に、右足を持ち上げられたままなので、身動きが取れない。

「素人だよ。格闘技の経験もないし、喧嘩も嫌いだ」土屋は足首を押さえ、完全に板東英子をコントロールしている。

「放してや」

「じゃあ、今日のところは、大人《おとな》しく帰ってもらえるか？」

「うん。わかった、わかった」板東英子が、二度、頷く。

心の読めない吾輩も、これは嘘だとわかる。

「奥さん。弁護士相手に嘘ついちゃダメだよ」土屋が窘《たしな》めるように言い、吾輩を指した。「こいつを弁護させてくれないか」

「アンタ、何を言ってんの？」板東英子が、眉をひそめる。「アホちゃうか」

「俺の仕事なんだよ」土屋は、よいしょと足を高く持ち上げた。板東英子がもんどり打って倒れ、アスファルトにしこたま後頭部を打ちつける。

どこが、弁護だ。ただの暴力ではないか。そもそも、吸血鬼と〝狩人〟の争いに、弁護士が入る余地があるのだろうか？

板東英子が、鬼の形相で上半身を起こした。後頭部の痛みに、歯を剝き出しにして、顔を歪めている。おかめと般若《はんにゃ》を足して二で割ったような顔だ。とてつもなく、怖い。

立ち上がろうとする板東英子の顔の前に、土屋が、両手の人差し指を立てた。「この指をよく見て。右手の人差し指は右目で、左手の人差し指は左目で」

一瞬、板東英子の目が泳ぐ。普通は逆だ。対面しているのだから、右手の人差し指は左目で、左手の人差し指は右目で見るはずだ。

「この男は、悪くない」人差し指同士をくっつけ、また、離した。「無実だ」

一体全体、土屋は何をやっているのだ？

「む……じ……つ」板東英子が虚《うつ》ろな目で言った。口から涎《よだれ》が垂れている。明らかに正気ではない。

「そ。だから許してあげてよ」土屋が、板東英子の肩をポンと叩いた。「お疲れさん」

板東英子は、ゾンビのようにふらふらと、バッティングセンターの前から去って行った。野次馬たちも、「何だったんだろうね」と、期待外れの顔で散り散りになった。

「危ないおばさんだったな」土屋が、葉巻をくわえ、ジャック・ニコルソンばりの妖しい笑みを浮かべる。「まさか、恋人だなんて言うなよ」

吾輩は、そんなわけないと首を横に振り、傷口を押さえながら立ち上がった。思ったよりも傷は浅い。出血はしているが、すぐに止まるだろう。それよりも、得体の知れないのは土屋の方だ。

「……何をしたんですか？」

「弁護だ」

「催眠術のように見えましたが」

「人聞きの悪いことを言うな」

「どう見ても……」

「弁護だ」土屋は、吾輩の言葉を遮るように、煙を吐き出す。「まあ、いいじゃねえか、一件落着したんだから」

「あの……もう一件あるのですが」

「何？」土屋が、顔をしかめる。「料金は別だからな」

やはりこの男、金を取る気でいた。

予想通り、和風ナタリーは、《ラストサムライ》で監禁されていた。ソファに座らされ、腕を組んだホストたちに囲まれている。

オーナーはテーブルの上に乗り、和風ナタリーを睨《にら》みつけている。少しでも背の低いのをカバーして、威圧感を与えるのが狙いなのだろう。

「どうしてくれるんだ？　小次郎は全治三カ月の重傷だぞ。店の大損害だ」オーナーが、キンキン声で怒鳴った。本当は掠《かす》り傷なのに。ナタリーに法外な借金を背負わすつもりだ。

和風ナタリーが、睨み返す。いい度胸だ。微塵《みじん》も怯《おび》えていない。オーナーに向かって、禁断の一言をぶつけた。「うるさいよ、チビ」

オーナーのこめかみが、ブチッと切れた。平手で和風ナタリーの頬を打った。口の端から出血し、赤い滴が、スローモーションで店の絨毯《じゅうたん》に落ちる。

ああ、もったいない。吾輩は、魅入られたかのようにホストたちの輪へと近づいた。

ホストたちが、またお前かと露骨に嫌な顔をする。

「おめえ、さっきのは何だ？　シャブでもやってんじゃねえだろうな？」聖矢さんが、眉間に皺を寄せる。

「血を飲ませてください」口が勝手に動いてしまった。

その場にいる全員の頭の上に、「？」が点灯した。

何をとち狂っているのだ、吾輩は。どん引かれてしまうではないか。もっとうまいやり方があっただろうに。

和風ナタリーは、少し驚き、笑みを浮かべた。「お兄さん、変態？」

吾輩は変態ではない。吸血鬼である。

と答えたかったが、久しぶりに新鮮な血を見たせいで、涎が垂れてきたので止めた。

「いい加減にしろよ。新人のくせに舐めやがって」キツネ顔の浜田が、吾輩の髪の毛を摑もうとした。

すると、浜田の手が吾輩にたどり着くより先に、「おしゃれな内装だね〜。結構、金かけてんじゃないの？」と言いながら土屋がキツネ顔の髪の毛を摑んだ。

キツネ顔の手が、吾輩の髪の毛を摑み損ね、宙を泳ぐ。「痛《い》てぇ！　誰だよ！　おっさん！」

「土屋さん……お久しぶりです」オーナーが代わりに答えた。

「儲《もう》かってるな、この野郎。ウハウハだな」土屋が、あの妖しい笑みで眉を上げた。

オーナーの顔が、見る見る青くなる。テーブルの上で、軍隊に入りたての新兵のように体を硬直させる。「もしかして、この女は、土屋さんのお知り合いで……」

「直接は知らないけど」土屋がキツネ顔の髪を放した。「今、売り出し中の〝復讐屋《ふくしゅうや》〟さんだよ」

これは夢か？　一日遅れのクリスマスプレゼントか？　神は、哀れな吸血鬼のために、天使を届けてくれたのか？

天使の名は、雪美《ゆきみ》と言った。雪のように美しい、雪美嬢。名は体を表すとはよく言ったものだ。

土屋のおかげで、雪美嬢は、解放された。土屋とオーナーとの間に何があったのかは知らないが、オーナーのあの狼狽《ろうばい》ぶりを見ると、よっぽどの弱みを握られているに違いない。

雪美嬢は、歌舞伎町で働く女の子専門の復讐屋だった。歌舞伎町のキャバ嬢や風俗嬢が顧客だ。

小次郎さんを刺したのも、復讐の依頼を受けてのことである。ちなみに、依頼人は、ピンサロ嬢のミヨちゃんだ。小次郎さんが、他の女と歌舞伎町裏のラブホテルから出てきたのを目撃したのだ。雪美嬢曰く、「もちろん、殺すつもりはなかったよ。ちょっぴり腕を刺しただけ♡」らしい。サンタクロースの衣装を着ていたのは、返り血を浴びてもいいように、だそうだ。

雪美嬢を逃してはならない。こんな美女には二度と巡り合えないだろう。今すぐ手を打たなければ。少し変わり者だが、気にするものか。大切なのは性格ではなく、血液だ。

《ラストサムライ》の帰りに、土屋さんが豚骨ラーメン屋に連れて行ってくれた。

「ご迷惑をおかけしました。お詫びと言っては何ですが、吾輩にできることなら何でも申しつけてください」

吾輩は、雪美嬢に頭を下げた。どんなことをしてでもご機嫌を取るのだ。肩を揉めと言われれば、永遠に揉み続けたってかまわない。

「吾輩だって。ウケる」雪美嬢は、口を押さえてケタケタと笑った。「ラッキー。今、ちょうど人手が足りなくて困ってたんだよね」

「何をすればいいですか?」吾輩は、恭《うやうや》しく、さらに頭を下げた。

「復讐屋を手伝ってよ」雪美嬢は無邪気に言った。

かくして、吾輩は雪美嬢の相棒となった。

吾輩は、ホストであり、復讐屋である。ここまでマルチな吸血鬼もいないであろう。

依頼の内容は様々だった。「裏切ったホストの髪にガムをくっつけてほしい」「ストーカーの客を追い込んでほしい」「説教をしてきた店長をぶん殴ってほしい」など、バリエーション豊かな依頼が絶えない。

雪美嬢も、元々、歌舞伎町で働くキャバ嬢だったらしい。客のオヤジが寒いダジャレを言う度にオヤジを本気で殴るので、クビになったのだ。店側もたまったもんじゃない。

雪美嬢は、色々なストレスを抱えた女の子たちを目《ま》の当たりにして、この新ビジネスを思いついたのである。口コミだけで、広告も打たない。一見《いちげん》はお断りで、紹介でしか依頼人とは会わない。うまいやり方だと感心してしまう。

雪美嬢は、歌舞伎町の他の女と何かが違った。頭がキレ、行動力もあり、度胸も満点。小次郎さんを刺した後、バッティングセンターに居たのは、下手に動き回るよりも、見つかりにくいと判断したのだ。並のご婦人の思考回路ではない（本人曰く、学生時代は、ソフトボール部で四番を打っていたらしい）。しかも、巨乳で美乳だ。過去に何があったのかは知らないが、なぜ歌舞伎町で生きていく道を選んだのだろうか。他の世界でも十分に成功したであろうに。

「みんなに幸せになってほしいんだよね」

雪美嬢は、よくこの台詞を呟《つぶや》いた。

一度、直球の質問をぶつけてみた。「でも、あなたのしていることは、誰かを幸せにするために、他の誰かを陥れて不幸にしているのではないのですか」

「自転車のサドルの理論よ」雪美嬢は鼻を膨らませ、言った。「あなたの自転車のサドルが盗まれました。さあ、どうしましょう」

一体、何が言いたいのだ？「わかりません」と正直に答えた。

「盗まれた人は、他の自転車からサドルを盗む。その盗まれた人も、さらに別の自転車のを盗む」

「……繰り返しではないですか」

「正解」雪美嬢は目を細め、微笑んでいるのか泣きそうなのか、判別できない表情で言った。「そうやって、不幸は回っていくのよね」

ある日、犬を捜してほしいとの依頼が入った。

吾輩たちは、靖国通り沿いにある《サーティワンアイスクリーム》でミーティングをした。

この寒い中、アイスを食べたいと雪美嬢が言ったのだ。「寒ければ寒いほど、冷たいものが食べたくなるんだよね」だそうだ。狂気の沙汰《さた》である。

「最近、便利屋と思って依頼してくる人が多いんだよね」雪美嬢が、チョコレートミントとラムレーズンのダブルのコーンを頬張りながら言った。

「当然、断るのですか？」吾輩は、ベリーベリーストロベリーのシングルのコーンを舐めながら訊いた。

「ううん。ギャラがいいから受けちゃった。捜してきて」

吾輩が？　まあ、血を飲ませてもらえるのなら、復讐屋だろうが便利屋だろうが関係ないが、吸血鬼が犬捜しとは……。御先祖様に顔向けができない。

「頑張ってね」

雪美嬢が、一枚の写真を渡してきた。

写真には、見事に頭が禿げ上がった、伏せ目の中年男性が写っていた。

「これは何ですか？」

「犬の写真よ」雪美嬢は、あっけらかんと答える。

この復讐屋の手伝いを続けていいものか、正直、悩む。

「知り合いのSM嬢が飼ってた犬なんだけど、最近行方不明になったらしいの」

確かに、中年男性は首輪をつけていた。

「コーンのお尻のとんがりが美味しいんだよね」雪美嬢がアイスを全部食べ終えた。シングルの吾輩は、まだ半分も残っているというのに。驚異的な速度である。


三日後。

中年男性が見つかった。発見場所は、新宿通り沿いにある新宿高野本店五階の《タカノフルーツパーラー》である。

別の女王様と一緒だった。プレイの一環なのか、中年男性はテーブルの横で正座をしていた。スーツ姿で、写真と同じ首輪をしている。

高級感とフルーツの香りが漂う店内は、満席であった。他の客や店員は、中年男性を見て見ぬふりをしている。何と注意していいものか、わからないのだろう。

「あの……この方を、元の持ち主に返却したいのですが」吾輩は、おずおずと女王様に話しかけた。

女王様は右手でプリン・ア・ラ・モードを食べ、左手で中年男性の首輪から伸びるリードの先を握っていた。

テーブルに近づくと、中年男性がウーッと低い唸り声を上げた。Mの鑑《かがみ》である。

「頭を撫でてあげて。喜ぶから」

女王様の言葉に、中年男性は嬉しそうに尻を振った。変態もここまでくればアッパレだ。

結局は、金でカタがついた。

経費を差し引くと、吾輩の取り分は五千円だった。血さえ飲めればいいと宣言したが、ちとさみしい額である。

調査のために、ホストクラブを三日も仮病で休んでいる。聖矢さんには、「熱があろうが、這《は》ってでも来いや」と、頭を叩かれるだろう。

復讐屋も、ホストに負けず劣らず心労が絶えない仕事である。そもそも、この世に楽な仕事などないのだ。


忙しすぎて、目が回り続けている。

ホストと復讐屋の両立に四苦八苦の毎日だ。吸血鬼だってストレスは溜まる。吾輩は、今宵もあの場所に向かった。

《新宿バッティングセンター》である。

なぜ、人間たちが、バッティングなどという酔狂な行為に没頭していたのか謎が解けた。心が晴れるのだ。白球を鉄の棒でうまく叩くと、パキーンと音を立てて飛んで行く。その瞬間、頭と胸の中を支配していた雨雲が、掃除機に吸い込まれたかのように消えてしまう。なんともはや、爽快《そうかい》な気分である。

ただ、吾輩は、初心者である。パキーンの確率は非常に悪い。良くて、一打席二十八球の内、一回もあればいい方である。酷いときは、三打席、四打席に挑戦しても、プチッやスカの連続で、余計にストレスが溜《た》まってしまう。

バッティングは奥が深い。力を入れなければ鉄の棒は振れないが、力みすぎると白球には当たらない。禅問答をしているような気にさせられる。決して易《やさ》しくないからこそ、たまのパキーンという幸せが嬉しい。まるで、人生の縮図ではないか。吾輩は、欲張らず、まずは確実に白球を捕らえることに重点を置いた。

バントである。

「まず、おめえは基本からだな」聖矢さんが、見るに見かねてアドバイスをしてくれたのだ。

鉄の棒を極限まで短く持ち、目線に合わせ、腰を落とす。向かって来る白球を打つのではなく当てる。パキーンではなく、ポコンだが、白球の感触がダイレクトに手の平に伝わり、これはこれで中々のものである。

「やっぱり、ここにいた」雪美嬢の声が、至幸のバントの世界から現実に引き戻す。

「仕事だよ」

残り十九球もあったが、吾輩は打席から渋々と出た。一応のアピールとして、河豚《ふぐ》のように頬を膨らませてやった。

いつになったら、血を飲ませてくれるのだ。雀《すずめ》の涙ほどのギャランティーには用はない（土屋への借金も増えて火の車だ）。一度、真顔で、吾輩の正体は吸血鬼だから報酬は血を飲ませてほしいのだと懇願したが、「ウケる」と笑うばかりで、本気にしてはもらえなかった。

もちろん、ホストでもモテない。相変わらず、便所掃除の毎日だ。

ホストと言えば、ニュースがある。聖矢さんがナンバー1になった。極めて喜ばしいことである。小次郎さんが《ラストサムライ》を辞めたのだ。雪美嬢に刺されて以来、瞬く間に歌舞伎町に悪い噂が広まった。「女を喰い物にしていた」「女をソープに沈める」「客に睡眠薬を飲ませてレイプする」「チャイニーズマフィアだ」「人を殺したことがある」「脱税している」「実は、某国のスパイ」等々。なんともはや、噂とは恐ろしいものだ。小次郎さんが辞めたことにより、派閥に属していたホストたちもバラバラになった。所詮《しょせん》は、烏合《うごう》の衆なのだ。ベスト10をほぼ独占していた小次郎一派がいなくなり、いわば、棚ボタ式に聖矢さんの元に、ナンバー1の座がやってきたわけだ。まさに、無欲の勝利である。

だからと言って、吾輩の元には、ボタ餅《もち》が落ちてくる気配は一向にない。

あと、オーナーが急性肺炎で入院した。雪美嬢を拉致した次の日に、「今年の冬は寒いな。体の芯から冷えるよ」と言ってぶっ倒れた。どうやら、風邪を拗《こじ》らせたらしい。雪美嬢を殴った罰が当たったのだろう。


新しい依頼人は、新宿ゴールデン街のバーで待っているとのこと。

新宿ゴールデン街は嫌いではない。街並みは古く、埃《ほこり》臭いが、ノスタルジーを感じさせる。雪美嬢と歩いていると、モノクロ映画の恋人同士のようだ。そっと手なんか繋《つな》いでみたりなんかしてという邪《よこしま》な考えが過るが、雪美嬢にテレパシーは通じない。

大股でずんずんと歩いていく。

「猫ちゃんがいっぱいいるよ」雪美嬢が黄色い声を上げた。

確かに、野良猫なのか飼い猫なのかわからない猫たちが、集会でもあるのかウヨウヨいる。

「きゃわいい〜」雪美嬢が近づくと、猫たちが明らかに迷惑そうに散っていった。

「何さ、可愛くない」頬を膨らませて拗《す》ねる。

雪美嬢の美貌も、猫たちには関係ないようだ。

バーの名前は《ライムライト》。チャップリンの映画のタイトルだ。カウンターだけの狭い店で、壁には、喜劇王チャップリンのポスターや写真が隙間もないくらいベタベタと貼られている。

吸血鬼だってチャップリンが好きだ（バスター・キートン派の方が若干多いが）。ちなみに、吾輩のチャップリンのベストは、『街の灯』である。あのラストシーンは、何度観《み》ても涙ぐんでしまう。盲目の少女と放浪紳士の恋。ああ、《新宿TSUTAYA》で借りて帰ろう。

今度、雪美嬢を映画に誘ってみようか。仕事抜きで、じっくりと彼女を観察してみたい。彼女にはあまりにも謎が多い。その謎を一つ一つ解いて、攻略しなくては。

「いらっしゃいませ」

《ライムライト》の扉を開けると、五十代と思しきママがとびきりの笑顔で吾輩を迎えてくれた。

笑顔は嬉しいのだが、ママの口元には、チャップリンとそっくりなチョビ髭《ひげ》があった。笑ってはいけない。本人は至って大マジメなのだ。ママは、昭和時代の新宿では、伝説的なレズビアンだったらしい。男装が趣味で、チャップリンを敬愛しているだけなのだ。ママは酔うと、「あたしはレズップリンだから」と絡んでは常連客たちを苦笑いさせている。

依頼人の名前は、恋華《れんか》。当然、源氏名である。恋華は、歌舞伎町のキャバクラ《ナイアガラ》で働いている。

恋華は居心地悪そうに背を丸め、ちょこんとカウンターに腰掛けカシスオレンジを飲んでいた。恋華の顔は、化粧が濃くマネキン人形のようだ。金髪の髪も親の仇とばかり、巻きに巻いている。小柄だが、雪美嬢に負けず劣らず、グラマラスである。Vネックのセーターからは豊満な谷間が覗き、ローライズのジーンズからは、尻の割れ目が見えすぎていた。高い椅子に座っているせいで、尻の半分以上が出ている。冬だというのに寒くないのだろうか（歌舞伎町の若きご婦人たちは、春夏秋冬、露出魔なのだ）。恋華から発する、むせ返るほど甘い匂いの香水が、店内に充満している。

「ムカつくんだよね」恋華が、煙草を灰皿に押しつけながら言った。「雪美もそう思うっしょ？」

「許せないよね」雪美が神妙な顔で頷く。「二十万だけどいい？」

「オッケー。絶対、あの男をギャフンと言わしてよね」恋華が、プラダの財布から札束を出す。

契約成立だ。吾輩たちは金を受け取り、《ライムライト》を出た。

復讐のターゲットは、宇野《うの》という男。恋華が働く《ナイアガラ》の雇われ店長である。

宇野は、店内のあらゆる死角にカメラを仕掛け、キャバクラ嬢たちの着替えや、トイレを盗撮してネットに流したらしい。

外道にもほどがある。ただ、宇野のバックにはヤクザがいて、このままではキャバクラ嬢たちは泣き寝入りするしかない。

恋華の依頼は、こうだ。「宇野の恥ずかしい姿を盗撮して。こっちもネットに流すから」

目には目を、盗撮には盗撮をというわけだ。

「久しぶりにやりがいのある仕事だね」雪美嬢が、うーんと月に向かって伸びをした。

それにしても映画に誘うタイミングがない。それとも吾輩に勇気がないのか。

ゴールデン街の野良猫たちが、意気地なしとばかりに、吾輩をじっと見ている。

「明日までに履歴書用意しといて」出し抜けに、雪美嬢が言った。

「何に使うんですか？」吾輩は嫌な予感を飲み込みつつ、訊いた。

「《ナイアガラ》の面接を受けるために決まってるじゃん。近くにいないと宇野の弱みを握れないでしょ」

7

かくして、吾輩は、キャバクラのボーイになった。

履歴書には「金城タケシ」と書いた。そう、吾輩は土屋と出会ってから、タケシと名乗ることにしている。

これで、ホスト兼、復讐屋兼、キャバクラボーイ兼、吸血鬼である。もう、自分が何者なのかわからない。混乱の極みだ。

絶対絶対絶対に、この仕事が完了したら、雪美嬢の血を飲ませてもらおう。褒美《ほうび》を頂かなければ納得できない。

雪美嬢も元本職なのだから、キャバクラ嬢として潜入してほしかったのだが、「盗撮されるの嫌だ」との理由で辞退した。吾輩だけの単独行動である。

宇野は、爬虫類《はちゅうるい》がスーツを着たような男だった。夜の生活が長いせいか、不健康に青白い肌をしている。色白のイグアナといったところか。

店長としては、優秀に見えた。スタッフやキャバクラ嬢たちからの信頼も厚い。盗撮の件は、まだ恋華だけしか知らない。はっきりとした証拠がないので、恋華は強く出られず、どうしたものかと考えた末に、吾輩たちに依頼したのだ。はっきりした証拠がないとはいえ、店中にカメラを仕掛けるなんて、店長にしか不可能だ。犯人は宇野で間違いない。

「俺も、長年、水商売をやってきたが、タケシほどトイレを綺麗にする奴は初めてだ」

吾輩は、あっと言う間に宇野に気にいられた。ホスト修業の成果である。

飯でも食いに行くかと、誘われた。千載一遇の機会を逸するわけにはいかない。吾輩は、二つ返事で了承した。

「トイレ掃除を見れば、そいつの全てがわかる」宇野が、河豚の骨をしゃぶりながら言った。「お前は信頼できる男だ」

宇野の行きつけの、とらふぐ料理専門店に連れて行かれた。てっさ、河豚のから揚げ、てっちり、雑炊、季節のシャーベットの贅沢《ぜいたく》なコースだ。

美女の血には負けるが、河豚は美味い。吾輩も、宇野を見習って河豚の骨にしゃぶりついた。実に、美味い。自然と頬が緩んでしまう。信頼できる男と褒められたのも、ちと嬉しい。

いかん。気を引き締めてかからねば。ターゲットは、目の前にいるのだ。

「タケシの夢は何だ」宇野が、熱々の雑炊をハフハフしながら言った。

夢は、もちろん、雪美嬢の血を飲むことだ。「宇野さんの夢はなんですか」適当な答えを思いつかなかったので、訊き返した。

「俺の夢はよぉ。北極の白熊を助けることなんだ」

宇野さんは酔っている。日本酒をたらふく飲んで上機嫌だ。真っ赤なイグアナといったところか。

「今、温暖化で、北極の氷が溶けまくってるのは知ってるよな？」

知らない。吸血鬼には関係のない話だ。とりあえず、頷く。

「ドキュメンタリーで観たんだけどよぉ。氷がなくなって、餌《えさ》がなくなった白熊は死んでいくんだ。たまんないよな」

　矛盾がある。そのドキュメンタリーの撮影隊は、なぜ白熊を助けなかったのだろう。目の前で死んでいく様を傍観していたのか？　餌をあげればいいではないか。常に餌を探しているのは、白熊も吸血鬼も一緒だ。同情するなら餌をくれ、だ。

「これからはエコだ」宇野が吾輩の手を握りしめ、言った。「お前を男と見込んで頼む。俺のエコ活動を手伝ってくれ」

　またおかしな展開になってきた。復讐の次は、エコか。エコに熱心な吸血鬼……。御先祖様は、ずっこけているだろう。

「で、タケシの夢は何なんだ？」

「吾輩の夢は……バッティングがうまくなることです」

　咄嗟に答えてしまった。この気持ちに嘘はないが、あまりにも陳腐な発言に後悔した。慌てて、今、バッティングセンターにはまっているが、中々上達しないという説明を補足した。

「それを早く言えよ。シャーベットを食べたら、バッティングセンターに行くぞ」宇野が、鼻を膨らませた。「こう見えても俺、甲子園に出てるんだ」

「それで、その箸か」土屋が吾輩のマイ箸を見て言った。

「エコですから」吾輩はムスッと返した。

歌舞伎町イチうまい中華、《八海飯店》で、土屋と会った。宇野のことで相談に乗ってもらうためである。

「他のエコ活動は？」

「ペットボトルのキャップを集めてます」

「えらいねぇ」

土屋が搾菜《ザーサイ》をつまみにビールを飲み、ニヤニヤと笑った。

あろうことか、吾輩は、ターゲットの宇野に恩義を感じていた。手取り足取り、バッティングの秘訣を伝授してもらったからである。

宇野は、まさしくバッティング職人だった。寸分狂うことなく白球をミートし、鋭いライナーを連打した。人は見かけによらないとは、よく言ったものだ。

『バッティングは難しく考えるな。ボールをよく見て、引きつける。来た球を素直に打ち返す。それだけだ』

宇野のおかげで、二十五球中、半分は当たるようになった。まだ、快心の打球は少ないが、著しい進歩である。

「その宇野って奴が隙を見せないんだな」

「恥ずかしい姿を撮ろうにも、いかんともし難いんです」

「ふ〜ん」土屋が小皿に酢と醬油《しょうゆ》を混ぜ、ラー油を数滴落とした。計ったように中国人の店員が山盛りの水餃子を運んで来る。

吾輩たちは、無言で、熱々の水餃子を立て続けに口に放り込んだ。肉汁が口の中で弾ける。衝撃の美味だ。苦手な餃子のはずなのに、なんてことだ。吾輩の知ってた餃子は餃子じゃなかったのか。

土屋が水餃子をビールで流し込み、言った。「宇野の自宅に忍び込むか」


土屋の助言に従い、宇野のマンションに向かった。トイレや風呂場にカメラを仕掛けるためである。

メンバーは、吾輩と土屋、雪美嬢である。なるべく目立たないようにと、黒いコートを着ていったら、二人とも同じ考えで、全身黒い服装でいた。

「余計に怪しいじゃん」雪美嬢が、自分のことは棚に上げ、吾輩たちを批難した。

「盗賊団みたいだな」土屋が笑う。彼は、この場を楽しんでいるようだ。

深夜。しとしとと小雨が降り出してきた。絶好の侵入日和である。

のである。

宇野の部屋には、いともたやすく侵入できた。土屋が、ピッキングでドアを開けた
「何で、弁護士がそんなことできるわけ？」雪美嬢の問いに、「芸は身を助けるだよ」

と、土屋が変な言い訳をする。

宇野は3LDKの部屋に住んでいた。独身にしては広い。

「キャバクラの店長ってのは、ずいぶん儲かるんだな」土屋が口笛を吹く。

「普通、安月給よ。こんないい部屋に住めるなんておかしい。何か怪しいサイドビジネスでもやってるんじゃない？」

雪美嬢の言う通りだった。

奥の部屋に映像の編集機器と大量のDVDがあった。DVDには、ご丁寧に、《キャバクラ店長の盗撮日記》とタイトルシールが貼られている。

「こりゃ、個人でやってるビジネスじゃねえな」土屋が、大げさに眉を上げた。

確かに。宇野のバックにヤクザがいても何の疑問もない。組のシノギを手伝って、おこぼれを頂戴しているというのが大方の正解だろう。

「私たちが盗撮する必要ないね」雪美嬢が嬉しそうに笑った。「これを警察に通報したら、一発で復讐完了じゃん」

サイレンの音が聞こえてきた。パトカーだ。

「いくらなんでも早すぎやしませんか？」

吾輩の問いに、土屋と雪美嬢が顔を見合わせた。雪美嬢が窓を開け、ベランダから下を覗き込んだ。「ありえない」舌打《つ》ちして、呟く。

マンションの下に、左腕を三角巾で吊った小次郎さんがいた。携帯電話を手に、こちらを見て不敵に笑っている。

「尾行《つけ》られてたみたいだな」土屋が言った。

小次郎さんは小次郎さんで、雪美嬢への復讐の機会を窺っていたというわけか。我々が宇野の部屋に不法侵入したのを見て、通報したのだ。

小次郎さんが、吾輩たちに中指を立てる下品な仕草をして、もう一件電話をかけ出した。

「マズいな」今度は、土屋が舌打ちをした。

「誰にかけてるんでしょうか？」

「宇野の後ろにいる怖い連中だよ」

因果応報。人の復讐を手伝う罰《ばち》が早くも当たり、一挙に警察とヤクザに追われる身となってしまった。

あっと言う間に、パトカーが到着した。パトカーの中から警官たちが飛び出し、マンションの玄関へと走る。上から見ると、獲物に向かって突進する犬そのものだ。

「逃げるよ！」雪美嬢が叫んだ。

この部屋は五階だ。ベランダから逃げるわけにはいかない。吾輩たちは、大急ぎで宇野の部屋を出た。

「非常階段を探して！」

「ダメだ。エレベーターに乗れ」

土屋が、脱出口を探そうとする雪美嬢の腕を強引に引いた。

「だって、警察が……」

「いいから」

エレベーターに向かう途中、土屋が非常ベルのボタンを押した。けたたましいベルの音がマンション中に響き渡る。

吾輩たちは、土屋に言われるがままエレベーターに飛び乗った。

「何、考えてんのよ！　捕まりたいの？」

雪美嬢の言う通りだ。このままエレベーターで降りても、警官と鉢合わせになるだけだ。

土屋は、返事代わりに、いつもの妖しい笑顔で二階のボタンを押した。

「降りろ」

二階に着いた。土屋の掛け声とともに、吾輩たちは走り出た。背後でドアが閉まり、エレベーターが降りていく。

手前から二つ目の部屋のドアが開いた。非常ベルの音に、住民が何事かと顔を出したのだ。頭にバスタオルを巻いた、パジャマ姿の女性だった。

「失礼」土屋が女性の首根っこを摑み、玄関先から引っ張り出した。女性が悲鳴を上げて、廊下に尻餅をつく。

土屋は何の迷いもなく、女性の部屋にずかずかと入っていった。

「ありえない」雪美嬢と吾輩も、躊躇しながら後に続いた。

恐るべき強引な男である。この展開を予想して、非常ベルを押したというのか。

バスタオルを腰に巻いただけの半裸の中年男性が、部屋にいた。「な、なんだ？だ、誰だ、君たちは？」仰天した面持ちで、フライパンを構える。

「お邪魔します」土屋が、気にせず、ずずいっと接近した。

「えっ、えっ」と、中年男性が後退《あとずさ》り、フライパンを振り上げた。

「失礼」土屋が腰のバスタオルを剝《は》ぎ取った。中年男性の男性自身が露わになる。

「ちょっと」雪美嬢が目を逸《そ》らす。

中年男性が「うわっ」と、慌ててフライパンで股間を隠そうとする。その動きを土屋は読んでいた。流れるようにフライパンを奪い、「殴られたくなかったら、部屋を出てください」と、逆に威嚇《いかく》した。中年男性が、泣きそうな顔で両手で股間を押さえて退場する。

「急ぐぞ」土屋がベランダの窓を開けた。

「急ぐってどこに？」と、雪美嬢。

「ここは二階ですよ」と、吾輩。

事もなげに、土屋が言った。「大丈夫。この高さなら死なない」

8

死なかったが、足を挫《くじ》いた。

着地場所が、マンションの駐車場横にある芝生だったのが幸いだった。しかし、芝生といえども、二階からのダイブは無謀だった。足がジンジンと痺《しび》れて、すぐに動くことができない。

続いて、吾輩の上に雪美嬢が降ってきた。踏んだり蹴ったりとはこのことである。実際、雪美嬢の膝が背中にめり込み、息が全くできなくなった。

「痛いってば！　信じられない、もう！」雪美嬢が癇癪《かんしゃく》を起こし、吾輩の後頭部を殴る。八つ当たりもいいとこだ。

土屋は猫のような身のこなしで着地した後、吾輩たちを置いて去って行った。血も涙もない弁護士である。

人が近づいてきた。警官かと顔を上げた。

警官の方が、まだマシだった。

「逃がさねえぞ」小次郎さんが、目を充血させて走ってきた。無精髭に、革ジャンと破れたジーンズ。ナンバー1時代のイケメンぶりは見る影もない。

雪美嬢に刺された借りを返すつもりだ。顔に似合わず、執念深い男である。

「人の人生を狂わせやがって！」小次郎さんは長い髪を振り乱し、口から唾を撒《ま》き散らして叫んだ。目の焦点が合っていない。明らかに、薬物をやっている目だ。ご丁寧にバタフライナイフを持っている。

助けなくては！　しかし、雪美嬢に覆い被《かぶ》さられ、身動きができない。

「死ねやあああ！」小次郎さんが目前まで迫ってきた。

信じられないことが起こった。小次郎さんが、ツルッと滑って転んだのである。体が宙を舞い、半回転して、しこたま後頭部を地面に打ちつけた。

人間がこんなに見事に転んだのを初めて目撃した。小次郎さんは、泡を吹いて気を失っている。

「気をつけてよ、滑るから」雪美嬢が立ち上がって吾輩を起こす。

雨に濡れた芝生が、カチンカチンに凍っていた。


吾輩たちは、足を引きずり、歌舞伎町へと戻った。

「危なかったですね」吾輩は、肩で息をしながら言った。だが、

「まだ、終わってないみたいよ」雪美嬢が、強張《こわば》った声で答えた。

靖国通り沿いの《ドン・キホーテ》の前で、強面の連中に囲まれてしまった。命からがら逃げ出したというのに、勘弁してほしいものだ。

「付き合ってもらおうか」連中の一人が言った。まさかの宇野が、すでにそこにいた。

宇野の目が据わっている。キャバクラで愛想良く客と接する彼とは全くの別人に見

えた。小次郎さんからの電話で、吾輩たちが部屋に侵入し、秘密を目撃したことを知ったのだ。ただで済ますはずがない。

後ろからガツンと殴られた。この感触は覚えている。懐かしき、特殊警棒だ。脳が揺れ、道路に膝をついた。

「何すんのよ！」雪美嬢が、吾輩を殴った男に飛び掛かろうとしたが、宇野に背後から抱え上げられた。「放せよ！　変態野郎！」

「その通り。俺は変態だ」宇野が舌なめずりする。

吾輩と雪美嬢は、ワゴン車に押し込まれ、目隠しをされた。

夜中とはいえ、繁華街のど真ん中である。人が二人、攫《さら》われても、誰も止めようとはしない。関《かか》わりたくないと、足早に去った者さえいた。

一難去って、また一難である。肝心なときに限って、土屋がいない。

目隠しをされたまま、どこかの地下室へと連れて行かれた。

ひどく、黴《かび》臭い。手錠をかけられ、冷たい床に転がされ、こっぴどく殴られた。固い拳が、頬骨や顎《あご》を何度も直撃する。鼻も殴られた。たぶん、折れた。手加減なしの攻撃に、意識が朦朧《もうろう》となった。床にうずくまると、次は腹と背中を蹴られた。

「トイレ掃除を見れば、そいつの全てがわかる」宇野が吾輩の目隠しを取った。「と思ってたけど、お前には、騙《だま》されたぜ」

コンクリート打ちっぱなしの殺風景な部屋だった。中心にベッドだけがポツンと置かれ、照明器具に照らされている。明らかに、卑猥な目的のためだけに用意された部屋だった。

「今から、お前の女を犯す」宇野の手には、ハンディサイズのビデオカメラがあった。「俺の秘密を知ったからには生かしちゃおかないと言いたいところだが、さすがの俺も人殺しはしたくない。口止めってことで、撮影に参加してもらおうかな」鬼畜の顔だ。遠い北極の白熊を心配する優しさは、微塵もない。

雪美嬢は下着姿にされ、手錠でベッドに縛りつけられていた。犯す準備万端である。ベッドの周りに、涎を垂らす狼のような顔をした屈強な男たちが、五人いた。

雪美嬢は、気丈にも、恐怖をこらえ、目を閉じている。ここからでも、小刻みに体が震えているのがわかった。

「お前ら、マスクを着けろ。モザイク処理するのは面倒なんだからよ。顔が全世界に回ってもいいのか」宇野が下品に笑った。

狼たちは、行儀のいいボーイスカウトのように、一斉に目出し帽を被り出した。

「それにしてもいい女だぜ」宇野が、ゴクリと唾を飲み込んだ。

とてつもない怒りが込み上げてきた。雪美嬢は、吾輩の獲物だ。横取りなんて汚い真似は、断じて許せない。

吾輩は、手錠の鎖を引きちぎろうとした。当然、引きちぎれなかった。自分の非力を恨む。今だけでいいから、映画の吸血鬼のようなパワーが欲しい。

宇野も目出し帽を被り、服を脱ぎはじめた。それが合図かのように、狼たちも脱ぎはじめる。全員、目出し帽以外、一糸まとわぬ姿になった。揃いも揃って、一物を怒張させている。

「名作誕生の予感がするな」宇野が、舐めるように雪美嬢の体を撮りはじめた。

雪美嬢が犯されてしまう……。無力感に打ちのめされ、吾輩の目から涙が零《こぼ》れた。

「タケシ……」雪美嬢が、ベッドの上で首を傾け吾輩を見つめた。「寒いの得意？」

キンと、金属が鳴るような音が部屋に響いた。

突然、急激な冷気が襲ってきたのである。涙が凍り、吾輩の頬に張りついた。

何かが起こった。猛烈な冷気が、明らかに雪美嬢を中心に巻き起こっている。

「が……がぁ……」宇野の皮膚が、見る見る青紫に変色した。狼たちも、尋常じゃないほどの寒さにガクガクと体を震わせている。

「た……す……け……」宇野の口を霜が塞ぐ。

「助けてあげるから、手錠を外して」

宇野が、震えながら鍵を出す。震えすぎて、中々、雪美嬢の手錠を外すことができない。やっと外れた。

自由の身になった雪美嬢が、宇野の手を摑んだ。「わたしの前で、フルチンになったのが悪いんだよ」

驚愕の光景に、吾輩は啞然とした。宇野が、氷で作られた人形のように凍りついてしまったのだ。一物までもが、釘を打てるほどカチンコチンになっている。

雪美嬢が、狼たちに向き直った。「アンタたちも凍っちゃう？」

狼たちは、素っ裸のまま表に飛び出した。

「びっくりした？」雪美嬢が、吾輩の手錠を外しながら言った。「わたし、雪女なんだよね」

ウィインという機械音とともに、ピッチングマシンのアームが動き出した。

吾輩は、左足を軽く上げ、タイミングを計った。

シュルルと唸りを上げて球が飛んできた。ボールをよく見て、引きつける。

快心の当たりがネットに突き刺さった。我ながら、ナイス・バッティングだ。

数日後、吾輩は、《新宿バッティングセンター》で、鉄の棒を元気良く振り回していた。

「やるな、タケシ。ありえねえほど、強打者になってんじゃん」隣の打席の聖矢さんが言った。

聖矢さんは、相変わらずである。「この街で、てっぺん取ってやる。ぜってー」と、鼻息を荒くして、ホスト稼業に精を出している。

吾輩は、ホストを辞めた。雪美嬢が、吾輩の正体が吸血鬼であるということをやっと信じてくれたのだ。あらためて「吾輩は吸血鬼なんです」と告白したときのコメントは、「何それ？　ありえない」だったが。

雪女に言われたくない。

まさか、雪美嬢が、人間ではないとは夢にも思わなかった。どうりで、オーナーが肺炎になったり、寒がりの猫から嫌がられるわけである。

吾輩は本格的に、復讐屋として雪美嬢と組むことになった。報酬はもちろん、彼女の血である。まだ飲ませてもらってはいないが、「ちょっとだけなら、飲ませてあげるよ」と契約を交わした。

これで一応、美女の血を確保した。もうホストを続ける必要はないだろう（ちなみに、エコ活動は続けている。北極の白熊たちの悲劇は、他人事《ひとごと》とは思えない）。

「おまたせ」バックネットの向こうから、声が聞こえた。

もちろん、雪美嬢である。ピチTに、ジーンズ。一月下旬だというのに、相変わらずの薄着だ。

「早く行くよ」雪美嬢が言った。「土屋は時間にうるさいんだから」

吾輩たちは、歌舞伎町を離れることにした。宇野が「歌舞伎町で謎の冷凍死体」と報道され、ちょっとした話題になった。土屋の情報によると、宇野のバックのヤクザたちが、犯人を捜しているらしい。

移転先はまだ決めていない。今から、土屋に優秀な不動産業者を紹介してもらうのだ。我が儘《まま》を言わせてもらえるなら、近所にバッティングセンターがある物件が理想だ。

この広い東京で、復讐を手伝ってほしい人間は山のようにいるに違いない。商売繁盛である。

「膝が硬いよ！　もっと楽に構える！」雪美嬢が、ネットを揺らす。

五月蠅《うるさ》い。最後の一球なのだ、好きに打たせてほしい。吾輩は、マシンに向かって鉄の棒を構え直した。

断っておくが、雪美嬢に対して恋愛感情は全くない。あくまでも仕事のパートナーだ。吸血鬼に愛だの恋だのはいらない。麗しき美女の血。それさえあれば生きていける。

雪女の血は未体験なので、ちと不安だが……。

シュルルル。

よく見て、引きつけ、素直に打ち返す。それが、秘訣だ。

第二話　三軒茶屋バッティングセンター

1

吾輩は劇団員である。芸名は、まだない。

また、このパターンで、吾輩の個人的な物語が始まるのをどうか許してほしい。聖矢さんに聞かれようものならば、「おめぇ、ワンパターンが一番嫌われんだよ。元ホストのプライドはねえのかよ。あんまサボッてるとベコベコにすっぞ」と、自慢の銀髪を、針鼠《はりねずみ》か、もしくはスーパーサイヤ人かのように逆立て、吾輩の足にローキックを入れるだろう。聖矢さんとは、歌舞伎町を離れてからというもの会っていない。達者でホスト暮らしをしているだろうか。

なぜ、吾輩が劇団員などという社会の底辺に属するマイナー極まりない職業に身をやつしているのか。

例によって復讐の依頼である。劇団員をクビになった役者が、「劇団を崩壊させてほしい」と無理難題を突きつけてきたのだ。

相棒の雪美嬢はその劇団のホームページを見て、「《劇団員大募集！》だって。好都合じゃん。さっそく潜り込んできて」と、吾輩を送り出したのである。彼女は雪女だけあって冷淡である。

雪美嬢本人の前では口が裂けても言えないが、吾輩は、劇などという悠長なことをやっている場合ではない。どうしようもなく喉が渇くのだ。四六時中、高温のサウナに閉じ込められているかのように。

この渇きを癒《いや》す術は、しとやかで美しいご婦人の血を吸う他ないのだが、とんとご無沙汰でストレスが溜まってしようがない。

そう、吾輩は復讐屋であり、劇団員であり、吸血鬼でもある。

ホスト経験者として、並大抵の仕事には耐えうる根性は身に付いたものと自負していたのだが、劇団員ほど辛い仕事はこの世にないと断言しよう。まず第一に、これは仕事ではない。稽古《けいこ》に励めども励めども、報酬は一切ない。一銭も貰えないのである。それどころか、劇団費や公演の赤字を逆に支払う始末だ。

「劇団員という生き物は、マゾなんです」

今回の依頼人、藤森亮《ふじもりりょう》は、丸眼鏡の奥で小さな目をしばしばと瞬《しばたた》かせた。牛蒡《ごぼう》のように細身で、顔色の悪い三十歳の男だ。

打ち合わせ場所は、三軒茶屋の駅前にある《スターバックス》にした。藤森氏が、この近所に住んでいるとのこと。本来なら、移転したばかりの復讐屋の新事務所に来てもらうのが筋だが、荷物が片付かず（ほとんどが、雪美嬢の私物だ）、人を呼べる状態ではない。

藤森氏が、ぐちぐちと続けた。「どんなに辛くても、舞台にさえ立てれば文句はないんです。座長を信じて十年間頑張ってきたのに、一方的に退団しろなんて納得できないですよ。真剣に藁《わら》人形を作ってやろうかと悩みました」

吾輩は、スターバックス ラテ、雪美嬢は、キャラメル マキアートを飲みながら、藤森氏の恨み節を聞いた。藤森氏は何も注文せず、ただの水をグビグビと飲んでいる。

「無名の劇団だったのに、僕が辞めさせられてからポツポツと仕事が入りはじめて……と言っても、映画のエキストラとか、バラエティーの再現VTRの安い仕事ですけどね」藤森氏が鼻で笑い、ずり落ちそうな丸眼鏡を人差し指で、クイッと上げた。

「それでも許せません。復讐をお願いします。あいつらに地獄を見せてやってください」

吾輩と雪美嬢は顔を見合わせた。珍しく、雪美嬢が困惑している。依頼も特殊だが、依頼人も何だか変だ。藤森氏の全身からは、負のオーラが滲《にじ》み出ている。ただ、吾輩たちには、依頼を受けざるをえない事情があった。東京の家賃は高すぎるのだ。土屋に優秀な不動産業者を紹介してもらったのはいいが、雪美嬢が、「どうせなら、おしゃれなところがいいよね」と血迷い、あろうことか代官山のマンションに復讐屋の事務所を構えてしまったのだ。

結局、依頼を受けることにし、雪美嬢は藤森氏に復讐料金の説明をした。「地獄を見せるといっても、色々な地獄があります。ほんのささやかな復讐から、一生立ち直れないダメージを相手に与える復讐まで、幅広いサービスが当社のウリです。当然、復讐の破壊力が強ければ強いほど、料金が上がるシステムになっています。最低料金は十万円からで……あの、聞いてます？」

驚いたことに、藤森氏は、《スターバックス》のテーブルを枕代わりに眠り出していた。

「タケシ、起こして」雪美嬢が頬をヒクヒクと引き攣《つ》らせた。

吾輩がいくら揺り起こそうとも、藤森氏の目は覚めない。

雪美嬢が溜息をつき、手にあるキャラメル マキアートを一瞬で凍らせ、吾輩に渡した。「これをコイツの服の中に入れて」

吾輩は言われるがまま、カチコチになったキャラメル マキアートの塊を藤森氏の背中と服の間に放り込んだ。藤森氏が、ひゃあと言う間の抜けた悲鳴を上げて飛び起きる。

「また、やっちゃいましたか」藤森氏が申し訳なさそうに頭を掻いた。「僕、居眠り病なんですよ」

なるほど。劇団をクビになるわけだ。

居眠り病。そんな奇妙な病気を患っている人間に初めて出会った。

藤森氏の話によると、食事中であれ、車の運転中であれ、容赦なく睡魔が襲ってくるらしい。なんとも、迷惑で、恐ろしい病気だ。

「わたしも病気だっつーの」

藤森氏と別れた後、雪美嬢が口を尖らせた。なぜか、対抗心を剝き出しにしている。

雪美嬢が雪女になったのは二年前だ。本人曰く、「ある朝、変な夢から覚めると、ベッドの中で雪女になっていた」そうだ。部屋中が、カチンコチンに凍ってしまい、枕もシーツもぬいぐるみもクローゼット内の一張羅も台無しになったらしい。仰天した雪美嬢が、大慌てで実家の母親に電話すると、「アンタもそんな年になったのねぇ」と呑気な声が返ってきた。「そういう家系だから諦めなさい。お祖母《ばあ》ちゃんもお母さんも、みんな雪女なんだから」

吸血鬼の吾輩が言うのも何だが、無慈悲な運命である。雪美嬢は、哀しそうに語った。「そのとき付き合っていた彼氏は、ビビりまくって逃げちゃうし」と。当然だ。性交渉の際、雪美嬢の体が冷たすぎて凍死しかけたというのだから（このときはまだ、雪美嬢は自分の能力をコントロールできずにいた）、どんな剛の者でも尻尾を巻いて逃げ出すだろう。

雪美嬢は、一度、温泉でも大騒動を起こしたことがある。家族旅行で伊豆に行き、温泉に入ろうと、湯に足をつけ、「アチッ！」と、やった瞬間に、一面がスケート場になってしまった。温泉で極楽気分を味わっていたご老人たちを本当の極楽に送りそうになったのは言うまでもない。死者が出なかったのが、せめてもの救いだ。

吾輩は、藤森氏が、かつて所属していた《劇団チームＫＧＢ》の面接を受けることにした。「公演のときのチケットノルマにプラスして、劇団費を月二万円払える？」と座長に訊かれ、「はい」と答えると、「じゃあ、合格」と、呆気《あっけ》なく合格した。オーディションを受けたことはないが、即興での演技や、歌やダンスをさせられるのではないかと内心ドキドキしていた吾輩は、肩透かしを喰らった気がして「はぁ」と呆《ほう》けてしまった。

座長の名は、尾花桃太《おばなももた》。ダルマそっくりの三十五歳だ。背も低く、顔も丸い上、でっぷりと肥《ふと》っている。尾花は、赤ん坊の握り拳はあろうかと思える巨大な目玉をギョロつかせ、吾輩を睨みつけて言った。「また一人、親不孝者が増えたな」

さっそく打ち解けるべく、吾輩は気軽に質問をした。「《チームＫＧＢ》とはどういう意味ですか？」

「意味なんてない。そんなものを求めるな。感じたままでいいんだよ」

いきなり説教モードである。尾花は、宣教師のような表情で吾輩の肩に手を置いた。まだ出会って十分も経っていないのに。ちと暑苦しい。

「俺たちは異端なんだ。人生の安定を自ら放棄する反逆者なんだよ。せっかくその道を選んだんだから、どっぷりとハマれよ」

そう語る尾花は、毎晩深夜、牛丼の《吉野家》でアルバイトをしている。

「そんなの簡単じゃん」雪美嬢が、金属バット（鉄の棒をそう呼ぶと教えてもらった）を構えて言った。「ダルマ座長の信用をぶっ壊せばいいのよ。そうすりゃ勝手に劇団崩壊するんじゃない？」

シュルルル。雪美嬢の元へ白球が飛んで来た。タイミングがうまくとれず、雪美嬢の体が前に突っ込む。「何よ、ここ！　球が超遅いんだけど！」

吾輩たちは、三軒茶屋にあるバッティングセンターで、二回目の打ち合わせをしていた。メンバーは、吾輩と雪美嬢と藤森氏の三人である。吾輩と雪美嬢が、《新宿バッティングセンター》を懐かしんでいると、「三軒茶屋にもありますよ」と藤森氏が案内してくれたのだ。

三軒茶屋のバッティングセンターは、驚愕《きょうがく》の場所にあった。まず、駅前のキャロットタワーを背に、世田谷通りを渡る。商店街の路地を奥へと入っていくと、左手に精肉が中心の業務用スーパー《肉のハナマサ》がある。その屋上に、突如、チープこの上ないバッティングセンターが現れるのだ。打席も三つしかなく、見るからに、マシンも旧式だ。床も腐っているのか、ベコンベコンとして不安定である。「いい感じじゃん〜！」入ってすぐ、雪美嬢が黄色い声を上げる。「て、言うか、マンション近くない？」雪美嬢の言う通り、ネットの裏すぐに、マンションが建っている。住人がベランダから手を伸ばせば、届きそうな距離だ。よくぞこんな場所に、無理矢理バッティングセンターなぞ作ったものだ。

「座長の信用を崩すのは難しいですよ」藤森氏が打席裏にあるベンチにちょこんと座りぼやいた。「劇団なんて宗教みたいなものです。劇団員たちにとって、座長は教祖ですよ、教祖。尾花さんは超ワンマンなんです。どうせ、僕たち役者のことを操り人形としか思ってないんですよ」

「操り人形、それは大変だ」吾輩は、生返事で相槌《あいづち》を打った。

久しぶりのバッティングだ。藤森氏には悪いが、集中したい。ここの料金は一ゲーム二百円とかなり割安だ。金欠の吾輩と雪美嬢にとっては有難い。それに、太陽の下でのバッティングは初めてだ。三月の初旬でまだ肌寒いが、開放感があり、新宿バッティングセンターにはない魅力がある。

「屋上ってのも中々、乙なものですね」

「球が遅すぎてナチュラルでフォークになるけどね」

しばしの間、吾輩たちは、ブツブツ独り言のように（実際独り言なのだが）劇団の悪口を言う藤森氏を無視する形で、バッティングに没頭した。

「来週にエキストラの仕事が入った」

座長・尾花桃太の報告に、劇団員たちが歓声を上げた。

劇団員たちは、総勢十一名。見事に、粒揃《つぶぞろ》いの地味な面々だ（ジャージ姿しか見たことないので致し方ないが）。

「助かった。これで、当分バイトしなくて済むぜ」隣で柔軟運動をしていた看板俳優の水野《みずの》が、ガッツポーズを取った。水野は彫りが深く、イタリア人とのハーフかと思えるほどのハンサムだが、残念ながら髪が薄い。そのくせ長髪なので、まるで落ち武者のようだ。ちなみに、水野のアルバイトは深夜の《松屋》である。

「エキストラって、そんなにギャランティがいいのですか？」吾輩は、こっそりと水野に訊いた。確か藤森氏は、エキストラを安い仕事と小馬鹿にしていたはずだ。

「座長の取ってくるエキストラは特別なんだよ」水野が声を潜めた。「悪くても一人、五十万は貰える」

五十万だと？　吾輩は、耳を疑った。ホストの初任給より遥かに高額ではないか（ちなみにホスト時代の初任給は五万円弱だった）。

「わかっていると思うが」尾花が、ギョロリと劇団員一人一人の顔を睨みつけた。

「いつも通り、エキストラのことは絶対に他言するんじゃないぞ」

……この仕事、何か裏がある。吾輩は、確信した。

自慢ではないが、吾輩のバイト歴は長く、多種多様だ。ホストの前は、吸血鬼であるがゆえにまともな職に就けず、あらゆる高額バイトを体験した。もちろん、高額な報酬であるということは、それなりの危険が伴うことを意味する。

ここで、吾輩の危険なバイト、ベスト3を発表しよう。

まずは、第三位。馬の浣腸《かんちょう》。大晦日《おおみそか》の夜、群馬県の牧場に連れて行かれた。引退した競走馬が尻を向けて並んでいた。サラブレッドは品種改良のため腸機能が弱いらしい。年末年始は牧場のスタッフが休みなので、アルバイトの出番である。吾輩たちは、缶ジュースほどの大きさの浣腸を手に、馬の尻の前に整列した。なぜ、こんな時期に、こんな仕事に派遣されたのだと涙ぐんでる者もいた。浣腸一発二千五百円。除夜の鐘がかすかに聞こえる中、吾輩は十頭の尻に浣腸をお見舞いした。

第二位。犬に噛まれる。もう一度言おう。犬に噛まれる仕事である。犬は、ジャーマン・シェパード・ドッグ。仕事内容は警察犬の訓練補佐だ。知的で、忠誠心と服従性があるので大丈夫ですよと、年輩のスタッフに防護服を着せられた。防護服とは名ばかりのペラペラの薄いものだ。左腕の部分だけが、わずかに厚い。犬が走ってくるから、左腕を突き出してね。絶対に逃げちゃダメだよ、首に嚙み付かれたら死んじゃうからねと、年輩のスタッフがニッコリと笑った。多摩川沿いにあるこの訓練所では、スタッフの高齢化による人材不足に悩んでいた。アルバイトの出番である。吾輩めがけて、ベッケンバウアー号（オス四歳）が、牙を剝き、涎を撒き散らして突進してきた。知的さや忠誠心や服従性はどこに行ったのか？　一嚙まれ二千五百円。五回嚙まれ、首がムチウチになった。

そして、栄えある第一位。イルカの着ぐるみ。ある水族館で可愛いイルカのショーが催されることになった。夏休みキャンペーンとして、クレーン車が用意された。イルカの着ぐるみを着たアルバイトを吊り上げるためである。ニキビだらけのスタッフのお兄さんが、「トイレは済ませといて。一度吊ったら、六時間は下ろせないから」と笑顔で握手をしてきた。「水分補給もね。前の人、脱水症状で病院送りになったから」真夏である。酸っぱいにおいが充満するイルカの中に入り、上空二十メートルの高さまで吊り上げられた。「イルカショー、観に来てね〜」と、チラシを配るお姉さんの声に合わせて、ヒレをパタパタとさせている内に意識が遠くなり、「ママ、あのイルカさん、グッタリしてるよ」とのチビッコの声を最後に、吾輩は気を失った。イルカ代三万円。三日間、入院したので治療費の二万を引くと一万の稼ぎだ。

アルバイトも楽ではない。大金は、容易に稼げないのだ。

五十万円のエキストラには、どういう危険が潜んでいるのだろうか。


「わたしも劇団に入る」

三回目の打ち合わせ。《三軒茶屋バッティングセンター》で、雪美嬢が宣言した。バッティングセンターには、どうやら中毒性があるらしい。駅前の《スターバックス》で打ち合わせをしていたが、体がムズムズして、ものの五分でこちらに移動したのだ。

「急にどうしたんですか？」藤森氏が訊く。

「だって、そのエキストラ、面白そうじゃない」雪美嬢は、金属バットを構えながら言った。「怪しそうで」

「エキストラで、五十万なんてありえないんだけど……」藤森氏がベンチにちょこんと座って、首を捻る。吾輩たちは打席の中である。

「二人で百万よ。大助かり」雪美嬢は、にやけながら、ピッチングマシンが投げた白球を叩いた。どうやら吾輩が働いた分も回収する気でいるらしい。

藤森氏が大きな溜息をつく。吾輩が、白球をかっ飛ばすのに合わせて何度も溜息をつくので、せっかくの爽快感が半減してしまう。

「どうしたんですか？　そんなに連続で溜息をついて」吾輩は、藤森氏のアピールに乗っかることにした。

「嫁との関係がうまくいってなくて……」藤森氏が丸眼鏡の奥で目をしばつかせる。

「劇団員のくせに結婚してるわけ？」雪美嬢が驚いた顔で訊いた。

「悪いですか」藤森氏がムッとする。雪美嬢の物言いに気分を害したようだ。

「悪くはないけど、わたしが奥さんだったら嫌だなぁ」

「どう嫌なんですか」

「だって、カッコ悪いじゃん。稼ぎのない男って」

雪美嬢の長所は、性格に表裏がなく、誰が相手であっても歯に衣着《きぬ》せない物言いができることだ。短所は、それが相手を深く傷つけてしまうことである。

「ゆ、夢を追いかけるのが、そんなにカッコ悪いですか？」藤森氏が食い下がる。

「女には夢とか男のロマンとか関係ないし。自分が幸せになってなんぼだから」

「ど、どうすれば、幸せになれるんですか。どうすれば、僕の嫁は幸せになれるんでしょうか」藤森氏が、ベンチから立ち上がり叫んだ。バッティングセンターの受付のおじいさんが何事かと顔を覗かせる。

「知らないわよ」雪美嬢が肩を竦《すく》める。「でも、目の前にいる人を幸せにできない人間が、どうやって全国の人を感動させるスターになるって言うの？」

ごもっともだ。容赦のない正論に、藤森氏はさめざめと泣き出した。吾輩の出番だ。依頼人を慰めるのも仕事の一つである。吾輩はネットを潜《くぐ》り抜け、藤森氏にバットを差し出した。

「藤森さんも、どうぞ、かっ飛ばしてください。スッキリしますよ」

「お金がないんで……」藤森氏が、首を横に振りながら拒否する。

「奢《おご》りますよ」本当は嫌だが、これ以上泣かれるのは勘弁してほしい。

「いいんですか」藤森氏がピタリと泣き止み、バットを受け取った。現金な男である。

藤森氏が打席に立った。猫背で、力強さの欠片《かけら》もなく、様にならない立ち姿だ。

復讐している暇があるのならば、他の劇団に入り直せばいいのに。吾輩は、藤森氏の後ろ姿を見ながら切ない気持ちになった。

ドスン。ドスン。ドスン。藤森氏が、立て続けに白球を見逃した。一向に金属バットを振ろうともしない。打つ気がないのか、それとも、涙で白球が見えないのだろうか。

隣の打席の雪美嬢が、藤森氏を見て呆れ声で言った。「また寝てるよ、コイツ」

雪美嬢も《劇団チームKGB》に入団した。

ホットパンツで稽古場に現れた雪美嬢に、看板俳優の水野をはじめとする男性劇団員たちは鼻の下を伸ばした。デレデレとチーズフォンデュのように顔が溶けている。女性劇団員はあからさまに、天敵を見る目で雪美嬢を睨みつけた（中には、聞こえるように舌打ちをした女子までいた）。

「アカデミー主演女優賞を獲れるように頑張ります♡」

掃き溜めに鶴状態の雪美嬢は、八〇年代のアイドルの如く、人指し指を頬に付けて自己紹介をした。媚を売り、劇団に溶け込む魂胆だが、明らかにずれている。

さっそく、エキストラの仕事が振られた。尾花が、演技の指示が書かれた紙を劇団員たちに配る。「タケシと雪美は、新人だから簡単な役を与える。台詞はないけど頑張るように」

「何これ？」雪美嬢が、吾輩だけに聞こえるように呟いた。

紙には、集合場所と集合時間と着てくる服装の指示だけしか書かれてなかった。

「俺と現場が一緒だからな。朝早いから遅刻すんじゃねえぞ」水野が吾輩の肩を小突く。「雪美ちゃんもよろしくね」

デヘッと笑う水野に、雪美嬢が愛想笑いで返す。雪美嬢のこめかみに血管が浮いたのを吾輩は見逃さなかった。


次の日の早朝、吾輩と雪美嬢は、吉祥寺の駅で電車を降りた。井の頭公園で水野と待ち合わせをしているのだ。

「朝の公園もアリだよね。超気持ちいいじゃーん。ウォーキングとかやっちゃう？」

雪美嬢はおどけた顔で、屈伸運動や、アキレス腱《けん》を伸ばすストレッチをした。

やさしい朝の光、澄んだ空気、鳥たちのおはようの挨拶……吸血鬼の吾輩にとっては不快以外の何ものでもなかった。ただ、この広大な面積の公園ならば、夜に訪れるのはいいかもしれない。本来の吸血鬼スタイルで美女を襲えるやも、である。まあ、都合よく、美女が一人で歩いていてくれたらの話ではあるが。

「確か、この公園でバラバラ死体が発見されたんだよね」雪美嬢が手首と足首を回しながら、さわやかに言った。

前言撤回。美女に限らず、吸血鬼の一人歩きも危険なのだ。

「よう。お待たせ」

水野が銀色のトレーニングウェア姿で、登場した。ニット帽を被っているので、弱点がカバーされ、一見すると、仕事前にウォーキングをする自己管理が徹底したエリートサラリーマンのようだ。まさかその正体が、《松屋》で深夜働いている劇団員とは誰も思わないだろう。

水野はこれみよがしに柔軟運動をやり出した。雪美嬢にいいところを見せたいのだろう。相撲取りのように股を割り、体の柔らかさをアピールしているが、雪美嬢は「鯉《こい》がいっぱいいるねぇ」と、池の方しか見ていない。

吾輩と雪美嬢も、水野と同じようなトレーニングウェア姿だった。劇団から支給されたナイキのスニーカーのサイズが小さく、ちと、足が痛い。

水野が、エキストラの内容を説明しはじめた。「今から、三十分以内に、この橋の上を白い大きな犬を連れた女性が通る。赤いトレーニングウェアを着た五十歳くらいの女だ」

吾輩たちは、池にかかる橋の上にいた。池のほとりには、ボート乗り場や売店もある。朝早くて開いていないが。

「その女が池の向こうに見えたら、タケシは倒れてくれ」

「え、なぜまた？」吾輩は、思わず訊き返してしまった。

「いいから、倒れるんだよ。腰を押さえて、痛そうにしてろ。痛がってれば、それでいいからよ」水野が面倒くさそうに答える。

「わたしはどうしてればいいですか？」雪美嬢が鼻にかかった甘え声で訊く。人間界の女の間にはびこる悪しき習慣、〝ブリッコ〟である。

水野の目尻が一気に下がった。わかりやすい男だ。吾輩との対応の違いに、さすがに気分が悪い。

「雪美ちゃんは、タケシの横で心配そうに立ってればいいから」

「あ、はい」雪美嬢が、呆気にとられた顔で答える。

「アドリブ禁止だからな、お前たちは絶対に何も言うなよ。話すのは俺に任せとけ」

水野が、たのもしさをアピールしたいのか、胸を叩いて言った。

本当にこれだけで五十万円貰えるのだろうか？　吾輩と雪美嬢はチラリと目を合わせた。不安がつのるばかりだ。

二十分後、水野の描写通りの婦人が現れた。白熊のような巨大な犬を連れ、小走りで橋を渡ってくる。

「今だ。倒れろ。自然にな」

水野の指示に従い、吾輩は橋の上に寝そべった。自然に倒れるというのが逆に難しく、家に帰って疲れて寝転がるお父さんみたいになってしまった。

「腰！」水野がスニーカーのつま先で吾輩の尻を軽く蹴る。さすがに温厚な吾輩もカチンときたが、グッとこらえる。何をこれしき。ホストクラブのトイレを舐めたときのことを思えば屁でもない。むむむ、ぐむむむと腰を押さえて熱演してみせた。下から雪美嬢の顔を覗くと、チャップリンの映画に出てくる忙《せわ》しない登場人物のように、ピョンピョンと跳ね、首を振り、無言でおどおどしている。素人の吾輩が言うのも何だが、単なる挙動不審な人物にしか見えない。

「雪美ちゃん、動きすぎ」

水野に窘められ、雪美嬢の動きは幾分落ち着きを取り戻した。

「どうしたの！　大丈夫？」

犬を連れた婦人が、吾輩たちの元へ駆けて来た。トレーニング姿だが、白髪の染め方、化粧の仕方、さりげなく光る指輪。明らかにセレブの一員であることが窺える。犬も血統書付きの犬だろう（吾輩の股間に鼻をつっ込んではいるが）。

「ギックリ腰をやっちゃったみたいなんですよ」水野が婦人に言った。

なるほど、自然な演技である。無名なマイナー劇団とはいえ、伊達《だて》に看板を張ってない。

「あらま。それは大変」

「携帯電話をお持ちではないですか？　彼の奥さんに車で迎えに来てもらおうかと」

水野が、これまた自然な困った表情で雪美嬢を見た。「これからは、ウォーキングのときもケータイ持っとかないとね」

雪美嬢が引き攣った顔で頷く。

「ダメよ、持っとかなきゃ、何が起こるかわからないんだから」婦人が、子供を叱《しか》るかのような口調で言った。どうやら、水野のハンサムぶりに好感を持ったようだ（ニット帽はこのためだったのかと納得した）。

「三人だからと油断しました。以後気をつけます」水野が、恐縮かつさわやかな笑顔で返した。

すばらしい演技だ。髪の毛が豊かでさえあれば、売れっ子の俳優になれたものを。

セレブ婦人は、快く自分の携帯電話を貸してくれた。

「そうなんだよ。また、タケシの奴、腰やっちゃってさー」水野が、吾輩の妻という設定の誰かと話す。

一体、この一連の行動に何の意味があるというのか。

「準備運動しなきゃだめよー」

携帯電話を返すと、セレブ婦人は犬とともに去って行った。

「おつかれさん」水野が、手を貸して、吾輩を起こしてくれた。「二人とも良くやった。初めてにしては上出来だよ」

「あの女の人のケータイ番号をゲットするのが目的だったんですね？」雪美嬢が核心を衝いた。すでに、ブリッコ女の顔ではなくなっている。

なるほど。水野がかけた相手には、セレブ婦人の携帯番号が通知される。

水野の顔が一瞬曇ったが、すぐにさわやかな笑顔で答えた。「そんなこと、エキストラの俺たちは知らなくていいんだよ」

3

吸血鬼は、チームプレイが大の苦手だ。

当然のことながら、吸血鬼界には団体競技という概念がない。想像してほしい。サッカーやラグビーをする吸血鬼がどこにいるだろうか。吾輩もバッティングは好きだが、九人対九人の試合形式は御免被《こうむ》りたいものだ。

吾輩にも青春時代というものがあった。遠い昔、人間界の高校に通ったことがある。例外はあるだろうが、モテる帰宅部というのを聞いたことがない。やはり、モテる男子は、何かの部活に属しているものなのだ。そんなわけで、吾輩は部活に入ることを余儀なくされた。

一番モテる確率が高いのは、サッカー部だった。全国大会には出られないまでもそこそこ強く、野球部と違い、長髪も許されている。しかし、敷居は高い。入部はできたとしても、サッカー経験者でなければ、辛い運命が待っているのは目に見えている。吾輩は、いさぎよくサッカー部を諦めた。国立《こくりつ》に行くのが吾輩の目標ではない。うら若き女子高生の血を飲むのが、真の目標なのだ。経験者も少なく、モテそうな競技を探さなければならない。結果、行き着いたのがアメフト部だった。そう、アメリカン・フットボールである。日本なのにアメリカン。経験者どころか、アメフト部が存在する高校そのものが少ない。吾輩はさっそく、アメフト部がある高校に転校した。

そこは男子校だった。学力的に、そこの高校にしか入れなかったのである。著しくモチベーションを落としてしまった吾輩は、アメフトのルールを把握しないまま部活を続けた。そんな人間が一人でもいると、ゲームは目茶苦茶になるのがオチである。一度、お情けで出してもらった練習試合は、吾輩のせいで、学園始まって以来の歴史的敗退をしてしまった。

今回、エキストラでも、この現象を引き起こす作戦を取ることにした。

「人生最高のプレゼントだってさ」

雪美嬢が、熱々のピザを頬張りながら言った。生ハムとルッコラがトッピングされたピザに舌鼓を打つ。「やばい、バリバリ美味いって、これ」

吾輩たちは、三宿《みしゆく》にある、ナポリ風のピザが自慢のイタリアンレストランに来ていた。カウンターの中央にナポリの職人が作った石窯《いしがま》がある。人気店なのか、ピザ目当ての客で大層混んでいる。

「人生最高の？　どういう意味ですか」

吾輩は、ポルチーニ茸のピザを頬張りながら訊いた。本場イタリアから空輸された（とメニューに書いてある）モッツァレラチーズがびよんと伸びる。雪美嬢の言う通り、ヤバいくらい美味だ。

「《ベファーナ》の売り文句よ。《大切な人に、人生最高のプレゼントをしませんか》だって」

雪美嬢は、水野と嫌々ながらもデートをし、酒に酔わせてエキストラの真相を聞き出していた。ラブホテルに連れ込まれそうになったが、例の手で危機は回避したそうだ（現在、水野は風邪で寝込んでいる）。

「わたしたちは、《ベファーナ》のエキストラだったってわけ」

雪美嬢が水野から聞き出した話を要約すると、こうだ。

《ベファーナ》とは、セレブ御用達のギフト会社だ。ちなみに《ベファーナ》の意は、イタリア語で、プレゼントを運んでくる魔女のことらしい。このサービスが一風変わっていて、今、セレブの間でもっぱらの話題になっている。誰だって、大切な人に人生最高のプレゼントをしたい。それは何か？　ズバリささやかな夢だ。セレブたちは、皆、成功し、社会的地位を得ている。欲しいものは何だって買える。そういう人種こそ、金では買えない、ささやかな夢を胸の奥に抱いているものだ。例えば、《一度でいいから、暴漢にからまれている美女を助け出してやりたい》と望んでいる紳士がいるとしよう。映画のヒーローのように、カッコよく……でも、そんな非現実的なことが起こりうるわけもないし、第一、体力がついていかないよ。ロマネ・コンティを飲みながらさみしく笑う紳士（吾輩の勝手な想像である）に、友人たちが一計を案じる。じゃあ、プレゼントしてやろうじゃないか。と、ここで《ベファーナ》の出番だ。エキストラたちを集め、台本を作り、ある夜、紳士の行きつけの酒場の前で、美女が「助けてください！」と、暴漢に襲われているといった具合だ。当然、紳士が酒場に現れるまでは、美女も暴漢も仲良くワゴン車で待機している。見事、美女を助け出した紳士は、こう思うだろう。「ささやかな夢が、叶《かな》った」と。

あの朝、井の頭公園で、吾輩たちエキストラの仕事が、犬を連れた中年女性にどういう結果をもたらしたのかはわからないが、きっと、彼女のささやかな夢を叶えたに違いない。

「中々、いいビジネスじゃねぇか」土屋が、四種のチーズのピザを頬張りながら言った。「商売相手がセレブだけに、失敗に終わったら大損害になるよな。ミスのしがいがあるってもんだ」

エキストラが致命的な失敗をすれば、《ベファーナ》も黙っていないはずである。そうなれば、《劇団チームＫＧＢ》は、藤森の言う通り、解散の危機に追い込まれること必至だ。こちらには、土屋という強い味方がいる。

「まさかとは思うが、この店の支払いは俺じゃないだろうな」土屋がピザを食べる手を止め、顔をしかめた。

吾輩と雪美嬢は、土屋の言葉に聞く耳を持たず、黙々とピザにかぶりついた。

本日は晴天なり。

こんな気持ちのいい日は、屋上でバッティングに限る。一人きりだとなおいい。雪美嬢も藤森もいない。心おきなくフルスイングに集中できる（特に雪美嬢は、グリップの位置がどうだ、タイミングがどうだと、うるさい）。

吾輩は、いそいそと三軒茶屋から世田谷通りを渡り、路地へと入った。《肉のハナマサ》のビルの横に、「普通に歩いている分には、絶対に気が付かないだろう」とツッコミをいれてしまいたくなるほど小さな看板がある。小さい上に、手書きで弱々しく《バッティングセンター入口》と書かれていて、何だか哀しい。屋上までは徒歩である。エレベーターなんて近代的なものはない。我が足で、螺旋《らせん》階段をカンカンと上るのだ。階段は全部で七十段ほどあり、上りきると程よく息が切れる。バッティング前に準備運動が終了しているといった優れものだ。

幸運なことに、バッティングセンターには誰もいなかった。吾輩は喜びを噛みしめ、小銭入れを出した。雪美嬢たちとの打ち合わせまでには、まだ二時間近くもある。心ゆくまでバッティングを堪能しようではないか。

「あの……復讐屋さんですよね」

小銭入れから二百円を取り出し、さあ、今からだというときに、背後から声をかけられた。いやはや、間が悪い。

振り返ると、見るからに幸の薄そうな女が立っていた。「いきなり声をかけてすいません。藤森の妻の竹子《たけこ》といいます」女が、恐縮そうに、自己紹介をする。

雪美嬢に負けず劣らず色が白い。ただ、それは健康的な色白というのではなく、明らかにやつれきった肌の色であった。目の下の隈《くま》が、悲愴感により拍車をかけている。

竹子は弁当屋の制服を着ていた。吾輩の視線に気づき、「今、お昼休み中なんです。さっきまでコロッケを揚げていたんで手がベタベタなんです。すいません……」と顔を赤らめた。

黒く長い髪を後ろに束ね、地味な印象だが、素朴な美しさを兼ね備えている。吾輩の喉がゴクリと音を立てた。

人妻の血……。背徳的な感じがして、吸血鬼としての血が騒ぐ。そう、吾輩は吸血鬼だったのだ（自分でも忘れそうになっていた）。何を呑気に、鼻歌まじりにバッティングなぞしようとしているのか。目の前に格好の獲物がいるではないか。

「ご相談があるんです。少しでいいので、お時間をください」竹子が、馬鹿丁寧に頭を下げた。

「別れようかなと思っているんです」

《三軒茶屋バッティングセンター》から徒歩五分足らずにある、玉川通り沿いの《ミスタードーナツ》で、竹子が言った。

「離婚を考えていらっしゃるということですか？」

吾輩はフレンチクルーラーを手に訊き返した。一刻も早くかぶりつきたいが、話の内容的にそうもいかない。

竹子は、アイスコーヒーのストローを指で折りながら続けた。「もう限界なんです。夫は自分のことばかりで、私の変化に気づきもしない……」

「竹子さんが、どのように変わったんですか？」

「毎日、気分が悪くて吐いてます」

「……ストレスが原因ですか？」

「いいえ」竹子が、口をへの字にし、うつむく。

しばしの間、沈黙が続いた。店内に客は少なく、ＢＧＭの五〇年代のアメリカ音楽が虚しく鳴り響く。とりあえず、吾輩はフレンチクルーラーを一口かじった。

「つわりです」竹子がうつむいたまま答えた。

予想だにしない答えに、フレンチクルーラーを喉につまらせた。

「に、妊娠したのですか？」

「すいません」

「なぜ、謝るんですか、めでたい話ではないですか」

「もちろん、子供は欲しかったですし、嬉しいですけど……あの人が劇団員なんで……」

竹子が涙ぐみ、か細い肩を震わす。

「どうぞ。これで涙を拭いてください」吾輩は、テーブルの上の紙ナプキンを差し出した。

「潔く、役者の夢を諦めてくれたらいいのに、未練がましく復讐なんて言い出すし……」竹子が、紙ナプキンを受け取り、涙を拭く。

困った。こういうとき、復讐屋としてどういう態度を取ればいいのだろうか？

「子供一人育てていくのに、どれくらいのお金がかかるかご存知ですか？　平均いくらか、ご存知ですか？」

「さあ……」吸血鬼の吾輩に訊かれても……。

「二千万円です」

「それは……荷が重いですね」

「はっきり言って重いです。劇団員がどうにかできる額ではありません」竹子が、吐き捨てるように言った。

人間として生きていくのも楽ではなさそうだ。この世に生を享《う》けた瞬間、二千万の借金を背負ってしまうのだ（支払うのは親だが）。

「自分たちの生活もままならないのに、どうしたらいいのかわからなくて……夫は、居眠り病のせいで、ことごとくバイトをクビになるんです」

「でしょうね……」思わず、同情してしまう。

「バイトでホテルの配膳係りに行ったんですけど、結婚式中に眠ってしまって……」

「どうなったんですか？」聞くのが恐ろしい。

「ウェディングケーキに頭から突っ込んだんです」

新郎新婦からすればたまったもんじゃない。

「私が、爪に火をともす思いでコツコツ貯めたお金も、復讐なんかに使っちゃうし……」

竹子が上目遣いで、こちらを見る。責められたような気になり、居心地が悪い。

「私、こう見えても昔はモテたんです。普通のサラリーマンからプロポーズされたこともあったのに……夢を追いかけている男が素敵に見えちゃって。藤森と結婚したのは、完全に若気の至りでした。詐欺《さぎ》に遭ったみたいなもんです」

吾輩は、チラリと壁の時計を見た。竹子の愚痴はいつまで続くのだろうか。人の不幸は愉快だが、長く聞くものではない。

唐突に、竹子が封筒を取り出した。「このお金で復讐してください」

「だ、誰にですか？」思わぬ依頼に、椅子からずり落ちそうになる。

「夫の藤森亮です」竹子は覚悟を決めた顔つきで言った。「私の二十代を奪った仕返しです。立ち直れないくらい、精神的にズタズタに追い込んでください」

4

一向に新しいエキストラの仕事が入ってこず、もどかしい日々が続いた。

吾輩と雪美嬢は、嫌々ながら劇団の稽古に参加せざるをえなかった。

劇団の稽古ほど、滑稽で苦痛なものはない。平均年齢三十歳の大人たちが朝から集まって、一銭にもならないことに汗を流す。吾輩と雪美嬢は、劇団という独特の世界観についていけず、度々途方に暮れた。

《劇団チームKGB》の稽古場は、杉並区は方南町《ほうなんちょう》の駅前にあった。地下鉄の駅を上がってすぐ、一階にラーメン屋があるビルの三階だ（看板俳優水野は、稽古場を持っている劇団は東京でも少ないんだから感謝しろよなと稽古場に来る度に言う）。

本日も、朝九時から稽古だ。

まず、柔軟運動。吾輩と雪美嬢を除く全員が、軟体動物のように柔らかい。ダルマ体型の座長、尾花までも、一八〇度に足を開き、ぺたりと上半身を床につける。

「うげっ。キモい」雪美嬢が、吾輩にだけ聞こえるような小声で言った。

確かに、十八歳以上の大人たちが、タコやイカのように床にぺったんぺったんと上半身をつける姿はキモい。

「酢を飲め！　酢を！」水野が、雪美嬢の背中を押しながら言った。

「ギギギギギ」雪美嬢が、奇怪な虫のような声を漏らしながら、歯を食いしばる。

「何だ、その体の硬さは！　ブリキ人形か！」

尾花の面白くも何ともない言葉に、劇団員一同が笑う。

このノリが一番、気持ち悪い。まだ朝の九時五分である。朝日が何より苦手な吾輩にとっては、地獄の苦行だ。

次に、発声練習。全員が声を揃えて、「あめんぼあかいなあいうえお」と怒鳴る。何度やってもこれには慣れない。恥ずかしいのだ。そもそも〝あめんぼ〟がどんな生物なのか見当もつかない。なぜ、それが〝あいうえお〟になるのか（水野曰く、有名な歌の一節らしいのだが、吸血鬼の吾輩は習っていない）。「かきのきくりのきかきくけこ」水野のかけ声を合図に全員が同じく怒鳴る。まだ九時十分。柿とか栗とか、どうでもいいではないか。

続いて、滑舌の訓練。これが、輪をかけて馬鹿げている。「赤パジャマ青パジャマ黄パジャマ」だとか、「大《オオ》ナタデココ小ナタデココ中《ナカ》ナタデココ」だとか、「バスガス爆発ブスバスガイド」だとか、愚の骨頂としか言いようがない（試しに、口ずさんでほしい。ただし、周りに誰もいないことを確認するように）。

そして、吾輩が最も苦手としているのがエチュードと呼ばれる即興演技の訓練だ。台本なしで様々なシチュエーションでの様々な人物を演じ分けなければいけない。

「次はタケシの番だ」尾花が吾輩を指名した。「熱いシャワーを浴びてみろ」

浴びてみろと言われても……。

「今、ここでですか？」吾輩はおずおずと訊ねた。

「当たり前だろ。本当に浴びに行ってどうするんだ。演技で浴びるんだよ」

それができたら、復讐屋なんか辞めて映画俳優になる。

「服はどうしましょう？」

「馬鹿。着たままでいい」

とにかく、やるしかない。吾輩は、今、劇団員なのだ。

目を閉じる。吾輩は、今、バスルームの中だと無理矢理思い込む。完全な自己催眠だ。無数の湯の粒が全身に降りかかると、無理矢理思い込む。熱くて気持ちいいわけがないが、「あー」と快感の溜息をもらしてみる。これでいいのだろうか。

「うむ。リアリティーのあるいい演技だ。初心者とは思えない」尾花が感心したように顎鬚《あごひげ》を撫でた。

劇団員たちが吾輩に拍手を送った（雪美嬢は笑うのを必死でこらえているので拍手どころではない）。

生まれて初めて、賞賛の拍手を受けた。何だか、全身がくすぐったい。鼻の穴も自然に広がる。悪くない気分だ。もしかすると、劇団員たちは、この感覚を味わうために役者などというリスキーな職業を選んだのかもしれない。

「天才新人が入団したかもな」

水野の言葉で、さらに拍手が大きくなる。確かに、これは癖になる味だ。

ちなみに雪美嬢は、「家のシャワーが壊れてるんで」と、わけのわからぬ言い訳でエチュードを拒否した。

久しぶりに映画に行くことにした。

束の間の役者生活ではあるが、本物の演技を観てみたくなったのだ。すぐにその気になるのが、吾輩の長所でもあり、短所でもある。

渋谷の映画館に一人で向かった。雪美嬢も誘ったのだが、「アクション映画じゃなきゃイヤだ」と断られた。JR山手線渋谷駅を降り、横断歩道をセンター街へと向かう。人、人、人。いつもながら、この交差点は尋常じゃないほど混んでいる。何人もの若き女性が波のようにやってきて、すれ違う。どれも、さほど魅力的とは言えない容貌《ようぼう》ではあるが（中には、炭のように肌が黒い女もいる）、こんなに獲物がいることに驚く。自己嫌悪だ。ここ最近、吸血鬼としての活動をおろそかにしすぎではないか。

寒気がした。誰かに見られている……否、狙われている。吾輩は人混みの中を見渡し、あの女を探した。

「毎度。お久しぶりやねぇ」

いつの間にか、おかめ顔が真後ろにいた。

「安心しいやぁ。交番が近いさかい、ここでは刺さへんから」板東英子が、ニコリと笑う。「それにしても、なんで東京はこない人が多いねん。アホちゃうか」

いつから、尾行されていたのだろう？　もしかすると代官山の事務所もバレたかもしれない。とりあえず、逃げなくては。土屋も雪美嬢もいないのだ。戦って勝てる相手ではない。

「まあまあ。そう、つれなくせんでもええやんか」

先手を打たれた。板東英子が、吾輩の右腕に両腕を絡ませてきた。これでは身動きが取れない。端から見ると、かなり異様な年の差カップルである。すれ違う人々が、好奇の目で吾輩を見る。板東英子の服装は今日も派手だ。虎の顔面がデカデカとプリントされたシャツを着ている。

「今日は、こんなん持ってきてん」

板東英子が、ヒョウ柄のハンドバッグから何かを出した。

「チクッとするけど、ガマンしいや」

太ももに激痛が走った。板東英子が、吾輩の右ももに注射針を突き刺したのだ。

「な、何をした？」

「大したことないよ。ちょっとしたシビレ薬よ。こないだみたいに逃げられたら困るからね」板東英子が注射器を捨て、再びハンドバッグに手を入れる。「念のために、もう一本打っとこうか」

冗談じゃない。何本も怪しい薬を打たれてなるものか。吾輩は、空いている左手で、板東英子のおかめ顔を殴ろうとした。

動きを読まれていた。逆に、吾輩の顔面に板東英子の頭突きがめり込む。グチャリと鼻が折れた音がした。鼻の奥に鈍い痛みが走ったかと思うと、ドバッと鼻血が噴き出した。

吸血鬼なのに血を流すなんて、末代までの恥だ。吾輩は、意識を失いそうになるのを必死にこらえ、交差点の真ん中で片膝をついた。誰も助けてくれない。交差点を渡る人々は、関わりたくないのか、それとも気づかないのか、吾輩の横をスタスタと通り過ぎて行く。

「さあ、立ってや。信号が赤になるで」板東英子が吾輩に手を差し伸べる。「男のくせに情けないなぁ。いつまでうずくまってんの」

うずくまったのは、実は板東英子が捨てた注射器が目当てだからだ。吾輩は、足元に転がっている注射器を拾いあげ、お返しとばかりに板東英子の太ももに突き刺した。スパッツ越しに針がズブリと入る。

「何すんの！」板東英子が痛みに顔を歪める。

今が好機だ。吾輩は力任せに板東英子を突き飛ばし、走り出した。後方で通行人の悲鳴が上がるが気にしてはいられない。走れ。逃げ切るんだ。しかし、下半身に力が入らず、うまく走れない。早くも注射された薬が効いてきている。

交差点を渡り切ったところで、転んだ。受け身がうまくとれず、アスファルトに顎を打ちつけた。後ろを振り返る。まだ、板東英子は追ってこない。一刻も早く、どこかに身を隠さなくては。吾輩は渾身《こんしん》の力をこめて体を起こし、目の前にある《TSUTAYA》に飛び込んだ。コーヒーのこうばしい香りが鼻をくすぐる。一階に、《スターバックス》の店舗が入っているのだ。

奥にエレベーターが見えた。ちょうど客が乗り込むところだ。

「待ってくれ！」

吾輩は、手を上げてエレベーターへと走った。

足がもつれ、DVDの棚に体がぶつかる。全身に力が入らない。吾輩は、風のない日の凧《たこ》のようにフワフワと棚と棚の間を彷徨《さまよ》った。すんでのところで、エレベーターのドアが閉まる。エスカレーターはどこだ？　右手の入り口側にあった。再度、棚にぶつかりながらエスカレーターに向かう。

「やっぱり、ここにおった」

自動ドアから、板東英子が入ってきた。お約束の十字架型の短剣を、ヒョウ柄のハンドバッグから出す。

今度こそ、万事休すだ。

「なぜ、執拗《しつよう》に吾輩を狙う？」吾輩は、棚にもたれながら訊いた。

「それが仕事やからねぇ。子供も来年からリトルリーグに入りたいって言うてるし。不景気やもん。少しでもかせがんと」

「……金が貰えるのか？」

「吸血鬼一人につき、一本やで。悪くないやろ？」

一本？　百万円ってことなのか？　誰が払ってくれるというのだ？

「雇い主は誰だ？」

吾輩の問いに、板東英子は笑うだけだった。答える気はさらさらないらしい。

「お兄ちゃんで三人目よ。安心してや。心臓を一突きであっさりと死ねるさかい」

板東英子が笑うのを止めた。来る。吾輩は、左胸の前に、左の手の平をかざした。

最初から短剣の軌道がわかっているのなら、何とか防ぎようがある、
短剣が吾輩の左手を突き抜けた。激痛が脳天まで突き抜ける。おかげで、全身のシ

ビレが幾分マシになった。これで、もう少しは走れそうだ。

吾輩は右手で、板東英子の短剣を持つ腕を摑んだ。

この女は好みではないが、この際好き嫌いを言ってる場合ではない。

半年ぶりに、牙を出した。能ある鷹は爪を隠すが、吸血鬼も、血を飲むとき以外は牙を隠しているのである。

板東英子の右手首に嚙みついた。遠慮なしに血を吸い上げる。

「や、止めてんか!」板東英子が叫ぶ。

止めるわけがない。殺す気はないが、失神するまで血を頂くとしよう。

板東英子が短剣から手を離し、床に倒れ込んだ。吸血鬼に血を飲まれると体から力が抜ける。急激に、血を失い貧血を起こすからだ。

血の甘い香りが口中に広がる。ビロードのような喉ごしの後に、あらゆる細胞が歓喜の声をあげる。やはり、人間の血は美味い。

「すいません……店内でそのような行為はちょっと……」

《TSUTAYA》の店員と《スターバックス》の店員が、困惑した顔で寄ってきた。長居は無用だ。警官がやってくる前にこの場を離れなければ。

吾輩は、気絶している板東英子を置いて、《SHIBUYA　TSUTAYA》から退散した。

5

二週間後。

新しいエキストラの仕事が入った。いよいよ復讐の実行である。「やったー！　またバイトしなくて済むぞー！」と、雄叫びを上げる水野の陰で、「やっと、劇団を辞めれるよ」と雪美嬢が吾輩にしか聞こえない小声で呟いた。

「タケシは重要な役だぞ」尾花が吾輩に台本を渡す。

「台詞があるじゃねえか！　さすが、期待の新人だ！」水野が吾輩の台本を覗き込み、雄叫びを上げた（劇団員という人種は、とかく雄叫びを上げる）。

今回の吾輩の役柄は、殺し屋Cである。ちなみに殺し屋Aは尾花、殺し屋Bは水野だ。

「ある企業の社長を拉致して、山の中に連れて行く。俺たちに殺されると思わすんだ」

「それが、《人生最高のプレゼント》ですか？」水野が訊ねる。

「その社長は酒の席で、自分の武勇伝を語るのが何よりも好きらしい」

「なるほど、新しい武勇伝をプレゼントするわけですね」

何が、なるほどなのか。劇団員も理解不能な人種だが、セレブという人種はさらに理解し難い。人間、金を持て余すと、ろくでもない考えが頭をよぎるらしい。

「あのー、わたしの役はこれで合ってます？」雪美嬢が、自分の台本を何度も見返す。「人質の女って書いてあるんですけど」

「そうだ。雪美ちゃんは、ターゲットの社長と一緒に車のトランクに閉じ込められる役だ」尾花が答える。

「何で、またそんな役を……」雪美嬢が、頬をヒクつかせながら言った。エチュードと違い、拒否するわけにもいかないので明らかに苛《いら》ついている。

「美女と一緒に閉じ込められるなんて、カッコイイ武勇伝じゃないか」

「カッコイイですか？」

「《アウト・オブ・サイト》っていう映画で同じシーンがあるんだよ。主人公のジョージ・クルーニーとジェニファー・ロペスが車のトランクの中に監禁されるんだ」

ジェニファー・ロペスという単語に、雪美嬢の眉がピクリと動く。

「あの映画は良かったな〜。そのトランクの中で二人に恋が芽生えるんだよな〜」水野が目を細めて言った。

「恋は芽生えなくてもいいんですよね？」雪美嬢が白けた表情に戻る。「て、言うか何を話せばいいんですか？　間が持ちません」

「大丈夫。雪美ちゃんの口はガムテープで塞がれているから台詞はない」

「ああ、そうですか」雪美嬢が拗《す》ねたように口を尖らせた。

あれだけエチュードは嫌がっていたのに、台詞は欲しがるのか。乙女心とは複雑なものである。


「で、その格好が殺し屋かよ」

ＢＭＷの運転席で、土屋が腹を抱えて笑った。

土屋の愛車の助手席に、吾輩は〝レザボア・ファッション〟で座っていた。〝レザボア・ファッション〟とは、タランティーノの映画『レザボア・ドッグス』の登場人物たちの黒メガネに黒のスーツ、黒ネクタイのコーディネートのことである。

「葬式帰りの親戚のお兄ちゃんってとこだな」

吾輩も土屋の意見に賛成だ（実際、劇団員の一人から借りた服なので、ちと線香臭い）。

「こんな時間にサングラスをかけて、見えるのかよ」

「見えません」

吾輩は正直に答えた。劇団の小道具から拝借したのだが、どうも安物らしく、視界が極端に悪い。

午前一時。青山霊園の横、外苑西通りで、吾輩たちは最終ミーティングをしていた。エキストラの集合時間まで、あと三十分。集合場所は、ここからすぐ先の西麻布の交差点だ。

「雪美ちゃんはどこで待機しているんだ？」

「車です」

十五分前、尾花がどこからか借りてきたベンツのトランクの中で、口に粘着テープを貼り、腕をロープで縛られ、待機している。

「ここって、墓場なんでしょ？　薄気味悪いなぁ」

藤森が、後部座席の窓から青山霊園を覗く。この男の手だけは借りたくなかったが、雪美嬢がいない分、どうしても手が足りないのだ。

「車の免許は持ってるんだろうな」土屋が藤森に確認する。

「はい。アルバイトで宅配のドライバーもやったことがありますから任せてください」

「そのバイトはなぜ辞めた？」

「それは……ちょっと、色々ありまして……」

土屋の問いに藤森が口ごもる。土屋には、藤森の居眠り病のことは伝えてあった。ただ、今回の藤森の仕事は簡単だ。吾輩と土屋がＢＭＷを離れている間、見張っているだけなのだ。最悪、眠ってくれていても問題はない。

「青山霊園って、誰か有名人が埋葬されているんですか？」藤森が話をそらす。宅配ドライバーでの失敗談をこれ以上ほじくり返されたくないのだろう。

土屋が答える。さすが弁護士だけあって、次から次へと著名人の名が出てきた。

「元総理大臣の吉田茂《よしだしげる》や犬養毅《いぬかいつよし》だろ。小説家の星新一《ほししんいち》や歌舞伎役者も何人か墓に入っている。でも、何と言っても一番有名なのは、忠犬ハチ公だな……おい、聞いてんのか？」

藤森は聞いていなかった。大口を開けて、気持ち良さそうに後部座席で鼾《いびき》をかいている。

「完全に病気だな」土屋が苦笑いをする。「これじゃあ、奥さんもたまんないよ」

「そろそろ行きますか」吾輩は、助手席のドアロックをはずした。

「待て」土屋に止められた。「武器は持ってんのか？」

「一応これを……」

吾輩は、スーツの内ポケットからリボルバー式の拳銃を取り出した。これでターゲットの社長を脅す手筈《てはず》になっている。

土屋が呆れた顔で、両肩をあげる。「劇団の小道具か？」

「わかります？」

「どこからどう見てもプラスチックじゃねえか」土屋が溜息をもらした。「学芸会じゃねえんだぞ」


二十分後。

吾輩たちは、セレブの要塞《ようさい》、六本木ヒルズの前にいた。メンバーは、ベンツの運転席に尾花、助手席に水野、後部座席に吾輩である（トランクに雪美嬢もいる）。全員、揃いも揃って〝レザボア・ファッション〟だ。水野は頭が薄いのを気にし、黒いハットを被っている。

でっぷり太った尾花と並んでいるのを見ると、〝レザボア〟というより、〝ブルース・ブラザース〟だ。

「来ました」水野が低い声で言った。

初老の紳士が、吾輩たちのベンツの横を通り過ぎた。六本木通りの坂を西麻布の交差点へと下りていく。六十歳ぐらいだろうか？　頭は全部白くなっているが、背筋をシャンと伸ばし、颯爽《さっそう》と歩いている。服装もジーンズにスニーカーとラフで若々しい。できる社長といった風貌だ。

「社長の名前は、岡林《おかばやし》だ」尾花がベンツをゆっくりと発進させる。「流行のＩＴ系の社長で、ヒルズのマンションに住んでいる。家族はなく、一人暮らしだ。週に一回、この時間に好物の豚骨ラーメンを食べに行く」

西麻布の交差点手前に、老舗の豚骨ラーメン屋がある。台本では、店に入る前に拉致する計画だ。人通りはゼロではないが、深夜だけあって少ない。多忙な社長のスケジュール上、この〝深夜にこっそりラーメンを食べに行く〟タイミングが一番誘拐に適しているというわけだ。

「よし、行け」尾花の合図で、吾輩たちはベンツを飛び出した。

水野が、社長・岡林の前に立ち塞がり、吾輩が背後に回り込む。岡林が何事かと立ち止まった。

まずは、水野の台詞だ。「岡林社長ですよね」水野なりの演技なのだろうか。タバコをくわえながらしゃべっている。台詞を言いにくくはないのだろうか。

次は、吾輩の番。初めての台詞だ、いやが上にも緊張する。

「少しの間、ドライブに付き合ってもらいます」淀《よど》みなく上手に言えた。我ながら上出来だ。しかし、なぜ殺し屋が馬鹿丁寧な敬語を使うのかは疑問だ。相手が社長だから気を使っているのだろうか。ここは無骨な殺し屋風に、「ちょっくら、ドライブに付き合ってもらうぜ、社長さんよぉ」といきたかった。

「何者だ、君たちは？」岡林が全く怯《ひる》む様子もなく訊いた。

「あなたの命を狙っている者です。大人しくこちらの指示に従ってください」水野が小道具の拳銃を突きつけた。

岡林が、突如、爆笑した。アスファルトに転がりかねない勢いで腹を抱えている。

「友人たちから、近いうちにびっくりプレゼントがあると聞いていたがこれか？」

何もしない内に、バレてしまった。

「び、びっくりプレゼントだと？　ふざけんじゃねえぞ」

水野の口調が、急に荒々しくなった。台本を外れた展開に、動揺を隠せないでいる。社長の友人たちを恨む。せっかく《人生最高のプレゼント》をするなら黙っててくれればいいものを。

「で、君たちは、私を殺しにきたのか」岡林がニヤニヤしながら訊いた。余裕綽々《よゆうしゃくしゃく》で、この状況を楽しんでいるようだ。

「そ、そうです」また、水野が敬語に戻る。

「殺すならラーメンを食べてからにして欲しいな」

「ダメだ！」

「人生最後のお願いぐらい聞いてくれてもいいだろう」

「ぐぅ……」水野が助けを求めるような目で吾輩を見る。ずぶの素人に高度なアドリブを要求されても困る。

「腹ペコなんだよ、良ければ君たちもどうだい？　替え玉頼んでもいいからさ」

完全に、岡林にペースを握られている。

「何やってんだ、お前ら」

しびれを切らした尾花がベンツから出てきた。

「お、ボスの登場か？」岡林が嬉しそうに言った。「えらく丸っこいボスだな」

「ふざけてんじゃねえぞ、てめえ！」尾花が岡林を一喝した。どうやら芝居を続けるらしい。

「おお、ボスの演技は本格的だねえ！」岡林がますます喜ぶ。

「あんまり舐めてると、眉間に風穴が……」

尾花は威勢良く台詞を言いながら銃を取り出そうとしたが、哀しいことに手をすべらせた。むなしく宙を舞い、カチャンとプラスチック丸出しの音を立てて、岡林の足元に落ちた。

「リアリティーに欠けるねえ……」岡林が、苦笑いで銃を拾う。「どこで買ったの？《東急ハンズ》？」

妙なことになってきた。吾輩と土屋が妨害し、エキストラの仕事を失敗させるつもりが、勝手にその方向に進んでいる。

「君たち、劇団員？」岡林が、身も蓋《ふた》もないことを言った。

「違う。殺し屋だ。なあ？」尾花が、吾輩たちに同意を求める。

「そうだ！　れっきとした殺し屋だぁ！」

テンパッた水野がとんちんかんなこと言う。吾輩も仕方なしに頷いた。

「ギャラが発生してんだな。わかった。君たちのシナリオ通りに動いてやるよ」

岡林の大人の対応に、尾花と水野が顔を見合わす。「じゃあ……」尾花が慌ててベンツのトランクを開けた。「狭いですが、しばらくの間、ここに入ってください」

「オッケー。協力する代わりに、このことブログに書くけどいいよね？」岡林はノリノリだ。

「ありがとうございます」尾花が礼を言う。こんな殺し屋がどこにいよう。

岡林は、トランクの中の雪美嬢を見て、さらに興奮した。「こんなサービスがあるなら、先に言ってよ～」

「これもお願いします」水野がロープとガムテープを出した。

「いいねえ～。本格的だね～」

岡林が、素直に、ガムテープとロープを受け入れる。世の中の社長とは、これほどまでに物わかりがいいものなのか。温和で、気品があり、ユーモアに富んでいる。だからこそ社長になれたのかと、納得してしまう。

岡林は、非常に協力的な態度で、トランクに収まった。

「じゃあ、行くか」

尾花の合図で、吾輩たちはベンツに乗り込んだ。拍子抜けした感は否めない。

「これからの展開、どうします？」水野が尾花に訊いた。

「……台本通り進めるしかないだろう」

「いい人で、良かったですね」水野が寂しそうに笑った。演技を奪われた役者は、翼の折れたエンジェルと一緒だ。

吾輩としても困る。今回のエキストラを失敗させることが目的だったのに、茶番劇になった今、失敗のしようがなくなってしまった。妨害工作を目論んで隠れている土屋に、この状況をどう伝えたらいいものか。

作戦では、ベンツが発車した途端、〝当たり屋〟に扮した土屋が六本木通りに飛び出してくる予定なのだ。このままでは、土屋の当たり損になってしまう。

6

土屋に会うまで、催眠術なんてものは、インチキに間違いないと思っていた。

なぜなら、吾輩は本格的に催眠術を習い、全く習得できなかったからだ。

その昔、整形手術を受ける前、まだ、ブサイク君のときの話だ。とにもかくにも、モテないせいで吾輩はノイローゼに陥っていた。モテなければ美女の血にありつけない。誰しもそうだとは思うが、焦りが空回りにつながる。吾輩も、あまりにモテないあまり、ハムスターの如く空回りし続けた。努力のベクトルが、あらぬ方向に走り出したのである。俗に言う暴走というやつだ。

まず、男性誌の後ろのページにある広告を見て、《奇跡のパワーストーン》を購入した。

《金にも女にも縁がなかったどん底男が、身に着けただけでウハウハ》というキャッチコピーにひかれたのだ。《ウハウハ》という単語が抽象的で曖昧《あいまい》ではあるが、ビキニの美女たちと一緒に、札束の浮かぶフロに入ってワイングラスを片手に葉巻をくわえる男の写真に強烈な説得力を感じた（後に、後悔することになる）。宅配で送られてきた《奇跡のパワーストーン》は五万円にしては妙に軽く、一抹の不安を覚えそうになったが、ぐっと押し殺し、四六時中肌身離さず身に着けていた。

奇跡は全く起こらなかった。半年間、入浴のときでさえ手離さなかったにもかかわらず、金にも女にも縁がない生活を維持したままだった。なるほど、これは普通の石なんだと、やっと気がついた。藁をも摑む男心を利用した詐欺に引っかかってしまったのだ。吾輩は涙をこらえ（実際、ちょっと泣いていた）、パワーストーンを空に向かって投げ捨てた。当然、パワーストーンは、空に吸い込まれるわけがなく、万有引力の法則により落下、散歩を楽しんでいた老人の脳天を直撃した。パワーストーンが軽かったおかげで、大事に至らなくて済んだが、警察と家族の方々にこっぴどく叱られた。それからと言うもの、吾輩は《パワーストーン》を信じない。

二つ目の暴走は、薬だった。薬と言っても、覚せい剤や大麻などの非合法なものではなく、健康的なモテ薬、その名も《ナイスガイサプリS》である。《ナイスガイサプリS》とは、ネットで出会った。どこかにモテる方法はないものかと検索を続けた結果、このサプリメントに行きついたのだ。《一日、たったの一粒で、見る見るナイスガイ！》のキャッチコピーにひかれた。パワーストーンの神秘に頼らない。これからは、科学だ。商品説明によると、《ナイスガイサプリS》には、モテる男の五大要素が詰め込まれているらしい。五大要素とは、クール&セクシー&シャープ&タフ&ナイスと書いてある。《ナイス》という単語が抽象的で曖昧ではあるが、腹筋が見事に割れた外国人モデルの写真と、アルファリポ酸やシャンピニオンエキスなどの配合成分に有無を言わせぬ説得力を感じたのだ（後に後悔することになる）。さっそく、三カ月分の九十カプセルを注文し、一日も欠かさず飲み続けた。

ナイスガイには全くなれなかった。若干、肌がツヤツヤしたぐらいで、何の変化も現れない。二カ月目には、たった一粒でモテるようになれれば何の苦労もいらないよな、と自暴自棄な考えに陥ってしまった。科学ではモテないことを悟り、これからは自分に厳しく生きていこうと、泣く泣く、公園のゴミ捨て場に《ナイスガイサプリS》を捨てた（数日後、さかりのついた野良猫が、公園に大量発生した）。

三つ目の暴走、通信教育の催眠術講座のことは細かく説明する必要もないだろう。

どうあっても自分がモテる男になれないのならば相手を変えてしまえと、不純な動機で始めたのだが、宅配で送られてきた《催眠術セット》の糸と五円玉を見た瞬間、我に返った。催眠術が可能なら、世界征服もできるじゃないか。

この世に催眠術などない、と。

その信念を土屋が呆気なくくつがえした。彼は、「催眠術なんか使えるわけねえだろ。弁護だよ、弁護」と言ってはばからないが、読心術といい、《新宿バッティングセンター》前で、板東英子を撃退したときといい、超人的な力を持っていることは確かだ。

「どんなトラブルにも対応できるのが、弁護士ってもんだろ？」が、土屋の口癖である。

土屋の体が、派手な音を立て、ベンツのボンネットの上でバウンドした。まるで、鉄板の上の活海老《いきえび》だ。四十歳近いとは思えない、驚異の運動神経だ。弁護士と言うより、スタントマンの動きである。つくづく、この男は何者かわからない。一度、「なぜ、復讐屋を手伝ってくれるんですか？」と訊いたところ、「暇なんだよ」と答えられた。最近では弁護の腕よりも土屋の超人的な能力の噂が有名になり（歌舞伎町では都市伝説となっている)、怖がられて依頼の件数がガクッと減少したのだ。

暇だからとはいえ、自ら車に突っ込む弁護士が、どこにいるだろうか？

「やっちまった……」尾花の顔が、瞬時に蒼白になった。

水野は、ショックのあまり半分白目になっている。

土屋は、ボンネットの上でピクリとも動かない。

「とりあえず、車を降りた方がいいのでは？」

吾輩は、前もって用意していた台詞を言った。尾花と水野は固まったまま、動けないでいる。


「とにかくショックを与えるんだ」

ホスト時代に、土屋から催眠術(本人はあくまでも弁護と言い張る)のコツを教わったことがある。

「ショックが大きければ大きいほど、相手はこっちの言葉を素直に聞く」土屋が、赤ワインのグラスを一口啜《すす》る。「心の隙間《すきま》に入り込めるんだよ。それさえ覚えれば、どんな相手でも説得できる」

こだわりペペロンチーノのイタリアン《ガンコーネ》のカウンター。相変わらず客は吾輩たち二人しかいなかった。

吾輩に、ちょっとした悪戯《いたずら》心が芽生えた。

「この店のガンコ親父に、ナポリタンを作ってくれるよう説得できますか？」

吾輩の小声の提案に、土屋の両眉が嬉しそうに上がった。「やってみようか」

ボトル一本半の酔いも手伝ってか、快く承諾した。ペペロンチーノ一筋三十年の親父が、邪道のナポリタン（親父がそう思っているだけで、吾輩はナポリタンが好きだ。たまに喫茶店のノーマルなヤツを無性に食べたくなる）を作れば、土屋の催眠術を本物と認めざるをえない。

「マスター、ちょっと」土屋が、キッチンの奥に引っ込んでいる親父を呼び出した。

何をするのかと見守っていると、土屋がおもむろに、吾輩の頭でワイングラスを叩き割った。赤ワインで髪の毛がずぶ濡《ぬ》れになる。

「な、何をするんですか」

驚いた親父の顔の前に、土屋が両手の人差し指を立てた。

数十分後、吾輩の前に、出来立てのナポリタンがあった。漂うケチャップの香りに唾が湧いてくる。ベーコン、玉ネギ、ピーマン、マッシュルームの入ったオーソドックスなナポリタンだ。

「どうぞ、召し上がれ」

信じられないことに、あの親父が笑顔でフォークを差し出してきた。吾輩はフォークを受け取り、無我夢中でスパゲティを巻きつけ、口に入れた。美味い、美味すぎる。今まで食したどのナポリタンよりも美味い。

「はい、そこまで」土屋がパチリと指を鳴らした。

目の前が急に明るくなり、視界が広がったような気がした。

「さすが、土屋さん。ちょっと信じられねえなぁ」

「な、俺の言った通りだろ」

親父が感心しきった顔で、カウンター越しに、一万円札を土屋へと渡した。

一瞬、何が起こったかわからなかった。カウンターに出来立ての《ペヤングソースやきそば》が置いてあるのを見て、催眠術をかけられていたのは吾輩の方だったとわかった。吾輩の手には、焼きそばが巻きついたフォークがある。

「ひどいじゃないですか。騙すなんて」

悔しさと恥ずかしさで、顔面が熱くなる。

「でも、美味かったんだろ？　ナポリタン」

土屋が得意気な顔でウインクをした。

土屋は、尾花と水野に催眠術をかけるつもりでいた。二人に〝人を轢《ひ》いた〟という最大級のショックを与えるために、当たり屋としてベンツのボンネットに飛び込んだのである。

知っていた吾輩でさえ、心臓が跳ね上がる思いだった。さぞかし、二人は度肝を抜かれただろう。

催眠術をかけるためには、二人を車から降ろさなければならない。

「とりあえず、車から降りましょう」吾輩は、もう一度二人を促した。

「だめだ……破滅だ……刑務所行きだ……」尾花が虚ろな目で呟く。

「ぼ、僕は、隣に座ってるだけなんで、ば、罰せられないですよね？」水野がうわずった声で言った。

「早く降りましょう！」

いい加減しびれを切らし、思わず声を張り上げてしまった。深夜とはいえ、六本木である。目撃者の一人や二人、現れるやもしれない。

「どうしました？」「動かないで！」

最悪の事態が起きた。見るからに、正義感に燃える活きのいい若手警官が二人も走ってきたのだ。

「ヤバイヤバイヤバイヤバイヤバイヤバイ……」尾花が呪文を唱えるように、テンパリ出した。

「ど、ど、ど、どうするんですか！　ヒルズの社長をトランクに積んでるんですよ！」水野がさっきよりも、一オクターブうわずった声で叫ぶ。

警官たちは、ガムテープとロープで拘束された岡林と雪美嬢を見て、どう思うだろう。吾輩たちの〝レザボア・ファッション〟も見るからに怪しい。おそらく、どんな言い訳も通用しないのではないか。

「大丈夫ですか？」「怪我は？」

警官たちが、ボンネットの上の土屋に駆け寄ってきた。

「全然、大丈夫です」土屋がムクリと体を起こす。

尾花と水野が、餌に集まる池の鯉のように口をパクパクさせた。

「い、生きてますよ」

「って言うか、ピンピンしてるぞ、あのおっさん」

「いやあ～、今日も飲んだな～」土屋が、ボンネットの上からピョンと飛び降りた。

「動いちゃダメだ！　轢かれたんだろ？　救急車が来るまで、安静にしなさい！」

「酔っ払って、ちょっとふざけたくなっただけですよ。停まってる車に自分から飛び乗ったんです」土屋が、酔っ払いのフリで何とかごまかそうとする。

「嘘をつくな。ブレーキ音が聞こえたぞ」

若手警官が土屋を両脇から捕らえて放さない。

非常にまずい。このままでは尾花と水野、そして吾輩までもが、傷害罪と誘拐罪に問われてしまう。逃げようにも、ベンツの前に二人の警官と土屋がいて車を出すことはできない。

不運は、さらなる不運を招く。

「おい、何であいつがこんなところにいるんだ？」

尾花がフロントガラスの向こうを指した。

坂の下から、土屋のＢＭＷを見張っていたはずの（もしくは、眠っていたはずの）藤森が現れた。

7

この場面で、藤森は邪魔だ。

下手をすると、吾輩と雪美嬢が復讐屋とバレてしまう恐れもある。だが、もっと深刻な問題があった。

「あいつ、何で四つん這いなんですか？」

「……劇団をクビにされておかしくなったか？」

何をとち狂ったのか、藤森が犬のように四つん這いで、坂を上ってくるではないか。

土屋が、吾輩に「車から降りろ」と目配せをしてきた。警官二人に催眠術をかけようにも、二人の視線は藤森に釘付《くぎづ》けなのだ。何とかして、藤森をこの場から追い払わなくてはいけない。

吾輩は、急いで車から飛び出した。

藤森が吾輩を見て、四足歩行の速度を上げる。嬉しそうに舌を出して飛びかかってきた。まさに、犬そのものだ。

「な、何だ、こいつ？」「人面犬……じゃないよね」

尻を振りながら吾輩の顔を舐めまくる藤森を見て、警官たちが顔をしかめる。

「忠犬ハチ公だ……」土屋が真顔で言った。

「何を言ってるんですか？　土屋さん」吾輩は思わず訊き返した。

ベンツの中の尾花と水野が顔を見合わせる。これで、吾輩と土屋が知り合いだとバレてしまった。

「君、ふざけるのはやめなさい！」「ちゃんと二本足で立ちなさい！」

警官たちが、吾輩から藤森を引き離す。

「こいつが俺の車で居眠りしたとき、ハチ公の霊が入っちまえって心の中で思ったんだ」

常に冷静沈着な土屋が珍しく動揺している。

「思っただけで？」

「催眠術がかかっちまったらしい」

藤森が、四つん這いのまま、警官の股間に鼻を突っ込んだ。犬の動作にも程がある。

「君たち、覚醒剤をやっているのか？」

「やってるわけないでしょ！」水野がベンツの窓を開けて弁明する。

「じゃあ、これは何だ！」もう一人の警官が、尻をクンクンと嗅いでいる藤森を指した。「正気とは思えんぞ！」

催眠術がかかっているのだ、確かに正気ではない。

「土屋さん、早く催眠術を解いてくださいよ！」

「お、おう」土屋が慌てて指を鳴らす。

藤森が指の音に反応し、嬉しそうに、うおんと吠えた。

「お前、本官を馬鹿にしてるのか？」警官が土屋の胸ぐらを摑む。「今すぐ指パッチンを止めなさい」

「全員、車から降りろ」もう一人の警官が、尾花と水野に命令する。

ここは従う他ない。二人が渋々とベンツから降りてきた。

「お巡りさん、説明しますよ。私たちは、エキストラの仕事で……」

「黙れ」警官二人が、特殊警棒を抜いた。「トランクを開けるんだ」

とうとう正念場が訪れた。さあ、座長と看板俳優の腕の見せどころだ。

「あ、開きません」と、水野がしどろもどろで答える。

「なぜだ？」「嘘をつくなよ！」

「……鍵が壊れてるんで」

「怪しいものは、何も入ってません」尾花のフォローが余計に怪しい。ズブの素人の吾輩が評価しても、二人は役者として食っていくのは難しいだろう。

藤森は、犬そっくりの姿勢で、アスファルトの上にちょこんとお座りをしている。

これが演技ならアカデミー賞ものなのに。

「鍵を渡しなさい！」

警官が、尾花から強引にベンツのキーを奪う。

土屋が舌打ちをした。警官たちに催眠術をかける機会がなく、苛ついている。

「な、何だ、これは？」トランクを開けた警官が、目を剝いた。

「どうした？」もう一人の警官が駆け寄り、トランクの中を覗き込む。

警官二人が、警棒を直し、同時に銃を抜いた。トランクの中の雪美嬢と岡林の状態を見れば、誰であってもそうするだろう。

警官が、銃口を吾輩たちに向けたまま無線で応援を呼ぶ。もう一人が雪美嬢と岡林のロープを解き、トランクの中から助け出した。

「あれ？　さっきの場所から、全然移動してないじゃない」岡林が肩を竦める。

「怪我はありませんか？」

「その警官の制服、劇団の衣装？　リアリティーあるねぇ」岡林は全く状況を飲み込めていない。「演技もうまいよ。君、才能あるよ」と、本物の警官を褒めている。

「一体、どうなってんの？」雪美嬢はお怒りの様子だ。どういうキャラ設定かはわからないが、娼婦のような安っぽいラメが入ったドレスを着させられている。

「絶体絶命だ」土屋が諦めたふうに、両眉を上げた。

「こいつは何してんの？」雪美嬢が藤森を指した。藤森はお座りをしたまま、舌を出してハァハァハァハァと犬呼吸をしている。

「犬になった」

「はぁ？　意味不明なんですけど」

「俺も意味不明だ」

土屋と雪美嬢のやり取りに、警官たちが首を捻る。

「君たちは、知り合いなのか？」

「映画の撮影なんです」雪美嬢が、咄嗟の機転を利かせた。

警官たちが周りを見渡す。「カメラはどこだ？」

「……ありません。ドキュメンタリーなんで」雪美嬢の言い訳が途端に苦しくなる。

「カメラがなきゃドキュメントできないじゃないか」岡林が追い討ちをかける。

「ロ、ロケハンです！」尾花が叫ぶ。

「そう！　ロケハンなんです！」続いて水野も叫んだ。

警官たちが顔を見合わせると、尾花が、ここぞとばかりにアドリブ力を発揮した。

「僕たち基本的には劇団員なんですけど、中々映画やテレビの仕事が入ってこなくて。たまに入ってもエキストラばっかりだし。それじゃあ、自分たちで映画を作ってやれ、そうすれば台詞の多い役もできるじゃないかってことで、自主製作で映画を撮ることに決めたんですよ。ぴあフィルムフェスティバルなんかにも応募してやろうかなーなんて思っちゃったりもして、だけど予算が少ないもんで、カメラやマイクや照明をレンタルする前に、ロケハンをきっちりやって、撮影時間のロスが出ないようにと考えてのことなんです。それに、役者のモチベーションを上げるために、衣装を着てロケハンに挑んだんです。リハーサルができれば一石二鳥かなと。ちなみに、僕は監督の尾花です。はい」

役者魂を見た。よくぞ瞬時に、これだけの長台詞を立て板に水のごとくしゃべれるものだ。警官たちも、ほほうと納得しかけている。吾輩は、心の中で尾花に拍手を送った。

「またまた嘘ばっかり。君たちって、あれでしょ？　最近、セレブの間で話題の……会社の名前なんだっけな？　忘れちゃった。《人生最高のプレゼント》がどうのってやつでしょ？　それで私を誘拐しようとしたんでしょ？　ギャラが発生するんだから、さっさと誘拐してよ。ほら、早く」

岡林が全てをぶち壊した。尾花の努力が水の泡だ。岡林は、ご丁寧にも自分でガムテープを口に貼り、トランクの中に戻ろうとしている。

「詳しい話は署で聞こうか」「とりあえず、連行するね」

警官たちは、拳銃を収めると同時に手錠を出した。

雪美嬢が大袈裟に溜息をついた。そして、意味不明な言葉を吐いた。

「みんな、頭だけ打たないように気をつけてね」

東京は坂が多い。街のあらゆる場所に、ママチャリだとつらい坂がある。吾輩の立っている六本木通りも西麻布の交差点へ向かって、そこまで傾斜はきつくないが、そこそこの勾配《こうばい》の下り坂が続く。

なんと、雪美嬢はその坂を凍らせたのだ。

全員が、吉本新喜劇のごとくツルリと足を滑らせた。人も車も一斉に坂を滑っていく。藤森だけが、お座りの体勢のまま、ツーと滑った。

「死にたくなかったら、歩道に飛び移って！」雪美嬢が叫ぶ。雪美嬢は、道路を凍らす前に、すでに歩道へと移っていた。

先に言ってほしかった。無茶にも程がある。吾輩たちはペンギンではないのだ。

一人だけペンギンがいた。土屋だ。氷に逆らわず、腹ばいになり、加速をつけて歩道へと飛んだ。どれだけ器用な中年だ。

「ヤバイっすよ！」水野が絶叫した。

巨大なベンツが襲ってきたのだ。ベンツだけでなく、後方からコントロールを失った車がどんどん滑ってくる。このままでは大惨事は免れない。

「ペンギンになれ！」

土屋の命令を受け、吾輩はツルツルと滑りながらも、腹這いになった。なるほど、このポーズだと氷の上でも安定感があり、何とかコントロールが利く。他の連中たちもペンギンのポーズを取った。両手で氷を蹴り、勢いをつける。ヒルズ族、劇団員、警官が皆ペンギンになって、坂を滑っていく。

ペンギンたちが、次々に飛んだ。歩道に腹から着地して、しこたま胸を打つ。歩道は凍っていなかった。恐るべし、雪女の魔力だ。警官たちと岡林は放心状態になっている。逃げるなら今だ。雪美嬢と土屋はとっくに逃げていた。つくづく薄情な奴らである。

「さあ、今のうちに」

同じく放心状態に陥っている尾花と水野に手を貸し、起こした。

「藤森は？」水野が坂の下を見る。

お座りのシルエットが遠くに見えた。奇跡的に、滑ってくる車が紙一重で藤森の横を通り抜けていく。氷に抵抗せず、下手に動かないことが逆に功を奏している。動かない……また、居眠りをしているのだ。運がいいのか悪いのか、わからない男である。

「死人が出なかったらからいいものの」

吾輩は口を尖らせ、シュルルと飛んできた白球を打ち返した。

「捕まらなかったんだからいいじゃない。逆に私に感謝しなさいよ」雪美嬢も、白球を打ち返す。

次の日。吾輩たちは、《三軒茶屋バッティングセンター》で藤森を待っていた。

昨夜の西麻布の交差点での玉突き事故は大ニュースになった。一部のスポーツ新聞では《氷河期に突入か!? 人類滅亡の危機!!》と見出しが出たほどだ。

とんでもない大事件を起こしたのだ。これを機に、《劇団チームKGB》は解散するだろう。

「あの……」そのとき、藤森ではなく、妻の竹子が現れた。「夫が行方不明なんですけど……」

「嘘？　まだハチ公のままなの？」雪美嬢が、驚いてバットを落とす。「もしかして

「……」

藤森は、渋谷にいた。ハチ公像の前にちょこんとお座りをして、主人の帰りを待っていた。

さすが、忠犬だ。

8

夫婦ほど、摩訶《まか》不思議な関係もないだろう。血の繋がっていない赤の他人が、強制的に家族になるのだ。結婚という習慣がない我々吸血鬼からすれば、揉めるとわかっていながら、なぜにつがいになりたがるのか、理解の範疇《はんちゅう》を超えている。

「約束が必要なんだよね」雪美嬢が、吾輩の隣で言った。「あなたを死ぬまで愛し続けますって約束がなきゃ、不安で一緒にいられないわけよ、男と女は」

「無理をしてまで、一緒に暮らす必要はないでしょう」

「無理をするから人間なんじゃない？」

二十歳まで人間だった雪美嬢の言葉には、何だか妙な説得力がある。言われてみれば、ごもっともだ。人間でなくとも、生きていくのは辛い。吾輩も何が悲しくて、ホストや復讐屋や劇団員にならなくてはいけないのか。金のためである。人間も吸血鬼も金のために生きている。この世で一番大切なものは金ではないとわかっていながらも、金がなければ人生にっちもさっちもいかないことを知っているのだ。人間は、金を稼ぎ、金を使い、死んでいく。自分たちが生み出した金の呪縛に、一生苦しめられながら死を迎えるのだ。

金さえあれば幸せになれるのか？　そう思いたくはないが、人間も吸血鬼も、金があった方が幸せになる確率は高くなる。

まあ、世の中には、金を放棄して、自ら茨の道へと飛び込む奇特な連中もいるのだが。

幕が開いた。

スポットが、吾輩と雪美嬢を照らす。《劇団チームＫＧＢ》の第八回公演『忠犬ハチ公二〇〇九』が、始まったのだ。

あんな大事件を起こしたのに、《劇団チームＫＧＢ》は解散しなかった。座長、尾花は「いい経験ができた。お陰で傑作が書けそうだ」とほくそえみ、看板俳優の水野まで、「役者としての幅が広がった感じです！　座長！　エキストラなんてやってる場合じゃないっすよ！　本公演を打ちましょう！」と、雄叫びを上げる始末だ。

もちろん、吾輩と雪美嬢は、「辞める」と言ったのだが、「公演が終わるまでダメだ」と頑として、受けつけてもらえなかった。

「一度、板の上に立ったら辞められなくなるぜ。なんせ、舞台には中毒性があるからよ」と、忠告してくる水野が大いにウザい。

猛特訓が始まった。尾花は、どうしても、吾輩と雪美嬢に劇団を去ってもらいたくないようで、やたらと台詞の多い役を与えてきた。

冒頭の台詞は、雪美嬢からだ。

「ちょっと、あれ見て！　ウケる！　柴犬がいるしー」セーラー服姿の雪美嬢が、ガチガチに緊張しながら言った。雪美嬢の役は、センター街をたむろする女子高生だ。

次は、吾輩の番だ。緊張のあまり、足元がフワフワする。トランポリンの上に立っているようだ。頭の中に白いモヤがかかってきた。台詞が飛びそうになるのを必死に堪える。

「マジ？　どこ？　ありえない！　柴犬見てみたいーみたいなー」

上手く言えた。ほっと胸を撫で下ろす。ちなみに吾輩の役も、センター街をたむろする女子高生Bだ。セーラー服を着ている吾輩を見て、客が笑った。大爆笑とはいかないまでも、つかみとしては上々だ。顔面が痒《かゆ》くなるのを耐えてまで、ギャルメイクした価値があるというものだ。

引き続き、雪美嬢が台詞を言った。

「超ウケる！　柴犬待ってるし一。ご主人様の帰り、超待ってるし一」

客が、吾輩のときよりも笑った。嬉しいが、ちと悔しい。台本を貰ったときは、吾輩たちの台詞のどこが面白いのか全くもって理解できなかったが、客の反応を見る限り、尾花の腕は確かなようだ。

客席が百席にも満たない、下北沢の小さな劇場だ。狭く、埃臭く、アンダーグラウンドな雰囲気に目眩を起こしそうになる。果たして、ここに希望はあるのだろうか？めまぐるしく変化する現代の中で、小劇団の演劇人だけが時代を逆行してる気がしてならない。はっきり言ってしまえば、彼らのしていることは自己満足にすぎない自慰行為である。

でも、本人が気持ち良ければ、それでいいのやもしれない。吾輩は、たった一行の台詞を言っただけなのに、まだ舞台に立って五分も経っていないのに、客の笑い声に包まれた瞬間、たとえようもないゾクゾク感が足元からせり上がってきたのを感じた。

鼻から大きく息を吸い込み、次の台詞に備える。

ウォーンと犬の遠吠えの効果音がステレオから鳴る。

さあ。次の台詞だ。「頭の中は冷たく、心の中は熱く芝居に挑め」という尾花のアドバイスを思い出す。

腹の中に空気を溜め、一気に吐き出す。

「吠えてるし！　柴犬、超遠吠えてるし！」

くだらないにもほどがある台詞だが、気持ちいい。

吾輩の台詞がきっかけで、テーマ曲が鳴った。いよいよ主人公のハチ公の登場だ。

スモークが焚《た》かれ、柴犬の毛の色みたいな薄茶色のスーツに身を包んだ水野が現れた。

「どうも初めまして。忠犬、ハチ公です」

客が手を叩いて、爆笑した。

台本を初めて見たとき、「なぜ、犬が人間の言葉をしゃべるのですか？」と尾花に抗議したところ、「意味を考えるな！　肌で感じとれ！　犬だろうが、猫だろうが、堂々と言葉を語るのが演劇なんだよ！　『キャッツ』を観てみろ！　猫がピチピチのタイツを着て、歌って踊ってるだろうが！」と、迫力で押し切られてしまった。

客の笑いが、中々止まない。犬がスーツを着ているのが面白いのか、ただ単に、頭が薄いくせに格好つけていることが面白いのか。どちらにしても、立っているだけでこれだけ会場を沸かすとは大したものだ。看板俳優の名に恥じない存在感である。

テーマ曲のボリュームが上がった。最初の難関、オープニングダンスだ。

台本を見たとき、「どうして急に踊り出すの？　踊る方も観る方も恥ずかしくなるんじゃない？」と雪美嬢が尾花に抗議したが、「それが狙いだ」と、撥《は》ね除《の》けられた。

そして、死ぬほど恥ずかしいダンスを死ぬほど練習した。

やたらとキレのいい、水野のジャズダンスに合わせ、出演者一同が入場する。女も男も全員、渋谷のギャルの衣装とメイクだ。この芝居は、水野以外の役者は、何役も演じ分けなければいけない（吾輩の他の役は、野良犬と建設労働者と火星人だ）。

「ざけんじゃねえぞ！」

突然、ダンスの音楽をかき消すように、男の怒号が響き渡った。

肌の浅黒いロン毛の若者が客席から立ち上がる。「ダンスなんか踊ってんじゃねえぞ！　恥ずかしいだろうが！」と、わからなくもない理由でブチギレはじめた。

「音楽を止めろ！」

ロン毛の様子がおかしい。目がキョロキョロと激しく動き、口から涎を垂らしている。どう見ても薬物でラリッているではないか。

「こんな芝居観て面白いのかよ！」

ロン毛は隣に座っていた女性客の髪を摑み、座席から無理矢理立たせた。女性が悲鳴を上げる。

竹子だった。吾輩からチケットを渡していたのだ。藤森には、どうせ寝るだろうからと渡していない。竹子は、手足をジタバタさせて抵抗した。

「は、放してください！」

「放さねえよ！　面白いのかって訊いてんだろ？」

ガラの悪すぎる若者だ。客も役者たちも、突然の乱暴者の登場に、呆然《ぼうぜん》として動けない。

「あ、あまり、面白くありません」竹子が正直に答える。

舞台を降りようとする水野を、尾花が「待て」と止めた。

「じゃあ、何で、みんな笑ってんだよ！　ワケわかんねーぞ！」

「役者の身内だから面白く感じるんです」竹子がさらに正直に答えた。

「おめぇの身内も出てるのかよ！」

「出てません」

「出てほしいのかよ！」ロン毛が無茶苦茶な質問を続けた。

竹子が涙声で答えた。「出てほしいような……出てほしくないような……微妙な心境です」

「その手を放せ！」

客席入り口のドアがバーンと勢いよく開いた。

藤森の登場だ。

尾花の指示通り、スポットが入り口を照らす。もう一つのスポットが、竹子を照らした。暴漢に扮した聖矢さんが、眩《まぶ》しそうに目を細める。

これも芝居の一環だとわかり、客席が沸いた。舞台上の尾花が、満足気に頷く。

藤森を芝居に出してやってほしいと、吾輩が直訴したのだ。居眠り病は、原因もはっきりと解明されておらず、知名度が低いので、周りの人間からの理解が得られにくい。尾花に、稽古中に居眠りをする藤森は病気だから多めに見てはくれないかと説得した結果、今回のサプライズ出演と相成ったのである。藤森の登場は、尾花と雪美以外、知らない。

「誰だ、てめえは？　名を名乗れや！」聖矢さんが舌を巻いて叫ぶ。暴漢役を依頼したときに、「俺が演劇なんてやるわけねぇーだろが」と言ってたわりには板についていている。演技というよりは、元暴走族の血がそうさせるのだろうか。

次は、藤森の台詞だ。しかし、返ってこない。吾輩は、嫌な予感を胸に入り口を見た。

やっぱり寝ていた。登場してすぐではないか！　本番中に居眠りをして、どうやって役者をやっていくのだろうか？

「行くぞ！」

尾花のかけ声で、劇団員たちが舞台を駆け下りた。入り口まで駆け寄り、男連中数人で藤森を抱え上げ、無理矢理立たせる。

「俺の名前は、藤森亮だ！」眠っている藤森の代わりに、尾花が自分の書いた台詞を叫んだ。「愛する妻から、その汚い手を放しやがれ！」

まさに、操り人形だ。意識のない藤森の手足は全く力が入っておらず、泥酔して介抱されている酔っぱらいの如く、ブランブランとしている。役者たちは歯を食いしばって、重そうに藤森を支えている。

「何だとてめえ！　ベコベコにしてやるぜ！　舞台に上がれ！」

聖矢さんが、竹子を解放し、鼾をかいている藤森と対決した。

台本通り、藤森のキックとパンチ（水野が動かした）が炸裂《さくれつ》し、「覚えてろよ！」

と、捨て台詞を残して、聖矢さんは客席入り口から去って行った。去り際に、チラリと吾輩を見る。後日、ギャラのドンペリを入れに行かなければ。

感動のシーンになるはずが、場内は大爆笑だった。

その中で、竹子だけが泣いていた。


「弁当屋に就職が決まりました」

三軒茶屋のバッティングセンター。吾輩と雪美嬢は、藤森から復讐料の半額を受け取った。

結局、藤森は役者の夢を諦めた。

「竹子と二人で、全力で子育てをします！」

この男に勤まるのか、ちと不安だが、可愛い赤ん坊の顔を見れば眠気も吹っ飛ぶだろう。

「最後に素敵な舞台を観せてもらって」竹子も嬉しそうだ。

「いい思い出になりました。記憶はないですけど」藤森が、晴々とした顔で礼をした。「本当にありがとうございました！」

吾輩と雪美嬢は、顔を見合わせた。雪美嬢が「わかってるわよ」と頷く。

「このお金、返します。結局、劇団は解散しなかったわけですし」

雪美嬢が渡そうとする封筒を、藤森は受け取ろうとしない。

「そういうわけにはいきません。お二人にはお世話になりっぱなしなんで」

「赤ちゃんが生まれるんでしょ？　これから色々とお金かかるし」

「はい。お言葉に甘えます」

竹子が、ひったくるように雪美嬢の手から封筒を奪った。母は強しだ。

「幸せになってほしいですね」

手を繋ぎ、屋上からの螺旋階段を降りていく藤森夫婦を見ながら、吾輩が言った。

「どうだかね」雪美嬢が打席に入る。「不幸な人が増えてくれなきゃ、私たちの仕事がなくなっちゃうじゃん」

そのときはそのときで考えましょうよと、言いかけて、やめた。吾輩は吸血鬼だ。人間のことなど、どうでもいい。どうでもいいが、滑稽《こっけい》で我武者羅《がむしゃら》で、見ていて飽きない。

吾輩も打席に入る。空に向かって（厳密に言うとマンションに向かって、だが）かっ飛ばしてやる。

本日も、晴天なりだ。

第三話　明治神宮外苑打撃練習場

1

吾輩は、おしゃれカフェの店長である。と言っても雇われ店長だが。

またまたこのパターンで、吾輩の個人的な物語が始まるのをどうか許してほしい。聖矢さんに聞かれようものならば、「おめぇ、俺を本気で怒らす気かよ。ワンパターンだけは、ぜってーやめとけって言ったべ？　それよりも、こないだの件のシャンパン、いつ入れに来んだよ」と、最近金髪になったロン毛を獅子《しし》のごとく逆立て、吾輩をベコベコにするだろう。《ラストサムライ》に顔を出したいのは山々だが、いかんせん金欠すぎて一ミリも首が回らない。

なぜ、吾輩がおしゃれカフェの雇われ店長などという、今時の若者がちょっぴり憧《あこが》れる職業に身をやつしているのか。

ご存知、復讐の依頼である。カフェのオーナーが、「突然、従業員全員が辞めたので、店を立て直してほしい」と、お門《かど》違いの難題を突きつけてきたのだ。

収入が少しでも欲しいところだし、冷血雪女の雪美嬢が、「じゃあ、まずウチの人間を店長にしましょう」と一方的に吾輩を派遣したのである。

雪美嬢本人の前では口が裂けても言えないが、吾輩は優雅にカプチーノの泡を立てている場合ではない。どうしようもなく喉が渇くのだ。焼きたての熱々の餅を一気に飲み込み、喉の奥に張りついたかのように、渇いた喉が疼《うず》く。

この渇きを癒す術は、アイスラテやアイスチャイを飲むことではなく、しとやかで美しいご婦人の血を飲むことなのだ。

そう、吾輩は復讐屋であり、おしゃれカフェの雇われ店長であり、吸血鬼でもある。

吸血鬼は、おしゃれなカフェが大の苦手である。どちらかと言うと、大昔に流行《はや》ったジャズ喫茶の方が好みだ。照明が暗く、空気も悪いからだ。とかく、おしゃれカフェは明るくて嫌になる。大概、店の壁は清潔感のある白色で、太陽の光を反射して眩しくて仕方がない。人間にとってはどうってことのない光量でも、吸血鬼にとっては失明の危機に怯えなくてはならない凶器だ。ほっこりとお茶をしに来て、目が焼けてしまったら、笑い話では済まなくなる。オープンカフェなど、もってのほかだ。なぜ、お茶してる姿を公衆にさらけ出さなくてはいけないのか？　太陽の光を浴びながら飲むお茶は、人間にとっては最高かもしれないが、吸血鬼にとっては、象の小便を浴び続けながら、カフェランチを食べるようなものだ。苦痛以外の何物でもない。


「何が何だか全くわからなくて。悲惨な状況っしょ？」

今回の依頼人、東尾宏典《ひがしおひろのり》は、神経質そうな目で、誰もいないカフェの店内を見渡した。睡眠不足なのか、目の周りが暗く、色が白い上に小太りなので、パンダにそっくりだ。新進気鋭のデザイナーらしく、ファッションも奇抜である。髪の毛はメロンソーダのように鮮やかな緑色に染め、左耳に髑髏《どくろ》のピアス、左手の薬指に髑髏の指輪を着けている。シャツまで髑髏だ。ここ、南青山にあるカフェは副業で経営しているのだ。

「それ、アインシュタインですか」雪美嬢が、東尾のシャツを指して言った。

「わかる？　カッコイイっしょ？」

アインシュタインが舌をベロンと出している、あの有名な写真。アレをどう加工したのか、アインシュタインの皮膚は剝ぎ取られ、骸骨《がいこつ》が剝き出しになっている。四十二歳が着る服にしてはあまりにも落ち着きがないように見えるが、どうだろう？　それとも、そこが新進気鋭のデザイナーたる所以《ゆえん》なのだろうか。ちなみに、カフェの店名は《ドクロカフェ》だ。髑髏が好きにも程がある。

「とにかく、髑髏が好きで好きでしょうがなくって。髑髏ってカッコイイっしょ？」

「へーえ」ほぼ同時に、吾輩と雪美嬢が相槌を打った。早くも雪美嬢の目からウザい光線（雪見用語である）が出ていたので、吾輩は強引に話を進めることにした。

「従業員たちが辞めた理由は何ですか」

「それがわかったら苦労しないっしょ？」

「何か思い当たる節はありませんか」と、雪美嬢。

「それもわかってたらアンタたちを呼んでないっしょ？」

いちいち気に障る男だ。どうも上から目線の物言いが好きらしい。雪美嬢の額に血管が浮いてきたので、穏やかに話を進めることにする。

「従業員たちが辞めていったのはいつ頃からですか」

「二週間ぐらいかな。次々に連絡もなしに来なくなって」

「全員、連絡なしですか」

「さすがにおかしいっしょ？」

吾輩と雪美嬢は顔を見合わせた。最初は、東尾の新進気鋭キャラに問題があるのかと思ったが、現場にはノータッチで、ほとんど店には顔を出していないらしい。

「職業柄というか、俺のキャラのせいなんだろうけど敵が多くてさ。たぶん、誰かがウチの店を潰そうとして従業員を辞めさせたんだと思う」東尾が、勝手な推理を展開する。「そいつを見つけ出して復讐してほしいんだ」

困った話だ。ターゲットがわかっているならまだしも、見えない敵にどうやって復讐すればいいのか。「とりあえず、タケシが店長やりなよ。店を再開すれば、敵の方から現れるかもよ」という雪美嬢の勝手な案により、急遽《きゅうきょ》、三日後からカフェの雇われ店長を務めなければならなくなった。

「大丈夫。私に任せといて」何の根拠があってか、雪美嬢は自信満々だ。

吾輩たちは、明治神宮外苑に来ていた。《ドクロカフェ》から、歩いて十分もかからない。東尾に、「この近くにバッティングセンターはないか?」と訊いたところ、《明治神宮外苑打撃練習場》を紹介されたのだ。

《バッティングセンター》ではなく、《打撃練習場》という言葉に、吾輩と雪美嬢のテンションは上がった。到着して、さらに跳ね上がる。「すごい! ヤバイ!」雪美嬢は、嬉しそうにぴょんぴょんと飛んだ。

《明治神宮外苑打撃練習場》は、本格的な名に違《たが》わぬ、野球の聖地であった。まず、球場に囲まれている立地。言わずと知れた、東京ヤクルトスワローズのホームグラウンド、《神宮球場》が側にあり、打撃練習場の前にも広々とした軟式野球のグラウンドがある。グラウンドでは少年野球の試合が行われ、その他、至る所で親子やカップルがキャッチボールをしている。元ソフトボール部の雪美嬢が、ぴょんぴょん飛ぶのも頷ける。

打撃練習場ドーム内に入って、さらに驚いた。全打席、プロ野球のピッチャーが映像で投げてくれるのである。以前にも語ったように、吾輩は野球などという陳腐な球遊びに全く興味はないが、ダルビッシュや田中将大《まさひろ》や藤川球児や横浜ベイスターズの番長、三浦大輔が投げてくれるのは嬉しい。一打席、二十球四百円で、新宿や三軒茶屋のバッティングセンターに比べれば、ちと高い料金も納得できる。場内は清掃が行き届いているし、ドームゆえに空調も完備されている。暑すぎる夏だろうが、寒すぎる冬だろうが、激しい雨だろうが、年中バッティングを楽しめるというわけだ。

「変化球もある！　超ヤバイ！」雪美嬢のテンションは、上がりっぱなしだ。

打席内で騒ぐ雪美嬢の元へ、一人の小柄な老人がやって来た。ナイキのウインドブレーカーにナイキのスニーカー。見るからにスポーティーなお爺《じい》ちゃんだ。

「お嬢ちゃん、静かにしてもらえんか。真剣に打ってる子らが集中できん」

「あ……すいません」

思わぬ注意に、さすがの雪美嬢も素直に大人しくなる。

「ほらほら、打席を独り占めにしない。順番を待ってる子らがいるんだから」老人が、手を叩いて雪美嬢を急《せ》かす。

「は、はい」雪美嬢が慌てて、百円玉をコイン投入口に入れようとした。

「待ちなさい。まずは素振りじゃろ」

「あ、はい」雪美嬢が、軽く素振りをする。いつの間にやら老人のペースだ。

「うむ」老人が、雪美嬢の素振りを見て満足気に頷いた。「腰の入ったいいスイングだ」

老人は、断りもなくズカズカと打席に入って、雪美嬢に手とり足とり熱烈な指導を始めた。

「悪くはないが、もう少しスタンスを大きく取った方がええぞ。そうすることによって、頭のブレが少なくなる。あと、もっと胸を張って背筋を伸ばしなさい。バッティングは背中で打つものじゃ」

ローライズのジーンズを穿《は》いた、見るからにギャルファッションの雪美嬢に、なぜこうも熱心に教えるのか？　てっきりセクハラ目的かと思ったがそうでもない。白いゲジゲジ眉の下の目が、鬼のように真剣なのだ。

「神様～！　オレたちにも教えてよ～！」「神様が教えてくれたおかげで、オレ今日ホームラン打ったぜ！」

ユニフォームを泥だらけにした少年たちがやって来た。さっきグラウンドで試合をしていた子供たちだ。

「うむ」神様と呼ばれた老人は、雪美嬢の打席から出て行った。

バッティングの神様がいるとは……恐るべし打撃練習場だ。

雪美嬢がコインを入れた。映像のダルビッシュが一球目を投げる。目の覚めるような弾丸ライナーがネットに突き刺さった。完全にホームラン級の当たりだ。

「やるわねぇ……あの爺さん」雪美嬢も自分のバッティングに驚いている。

是非とも、吾輩もバッティングの秘訣を教えてほしい。

二時間ほど粘ったが、神様は少年たちに教えるばかりで（タオルを使ってピッチングまで教えていた）、吾輩の打席には来てくれなかった。

次の日。

「あのマンションじゃない？」雪美嬢が、前方に見えるクリーム色の小さなマンションを指した。

東尾から貰った、従業員たちの名簿に目を通す。間違いない。あそこに、《ドクロカフェ》を辞めた元店長の松沼今日子《まつぬまきょうこ》が住んでいるはずだ。吾輩が雇われ店長になる前に、本人から直接、辞めた理由を訊くことにしたのだ。

マンションの玄関はオートロックではなかった。エレベーターもない。吾輩たちは階段で、松沼の住む二〇二号室へと向かった。

「何、これ？　ペンキ？」

二〇二号室のドアを見て、雪美嬢が眉をひそめた。ドアには赤い塗料で大きく、《殺》と書かれている。

「松沼さんって、もしかして危ない人？」

「さあ……」東尾からは何も聞いていない。「念のため電話で確認しましょう」

こんな物騒な世の中だ。包丁を持った女の子が、飛び出して来る可能性もなくはない。

『真面目で頑張り屋さんでいい子だよ』携帯電話の向こうで東尾が言った。『だから急に無断で辞めるなんて考えられないんだよな』

「あの……マンションのドアに《殺》って書いてあるんですけど」

『何それ？　ありえないっしょ？』東尾は本気に取らず、笑いながら電話を切った。

「どうします？」と、吾輩。

「どうしよう？」と、雪美嬢。

誰であっても、《殺》と書かれた部屋なんか訪問したくはない。それに、この文字を松沼今日子本人が書いたのか、他の誰か、例えば、別れて逆恨みをしている元カレが書いたかによって、こちらの対応もだいぶ違ってくる。

結局、ジャンケンに負けた吾輩がインターホンを押した。応答なし。続けて二回押してみる。やはり、応答なし。

「留守みたいね。出直そう」雪美嬢が、心なしかほっとした様子で言った。

帰ろうとドアに背中を向けた吾輩の耳に、ゴトリと物音が聞こえた。明らかに、ドアの向こうから音がした。

「聞こえた？」雪美嬢が顔を引き攣らせる。

吾輩が頷くと同時に、ゴトゴトとさっきよりも大きな音がした。間違いなく部屋の中に誰かいる。

「いますね」

「いるね」雪美嬢が、舌打ちをする。「最初はグーね」

ジャンケンに負けた吾輩が、ドアノブを回した。独り暮らしの女の子の部屋なのだから、鍵が開いてるわけがない。というより、開いてて欲しくない。

が、鍵は開いていた。ドアノブを握る手にじっとりと汗が滲む。

「あの……失礼します。松沼さんのお宅ですか……」吾輩は、恐る恐るドアを開けた。

腰を抜かしそうになった。

若い女が、キッチンで椅子の上に立っていた。天井から垂れ下がっているロープの輪に手がかかっている。今まさに、首を吊ろうとする瞬間だった。

「タケシ！　止めて！」

雪美嬢の声に、体が瞬時に反応した。タックルで無理矢理、女を椅子から引きずり下ろす。ぐったりした体に、雪美嬢が声をかけた。

「……松沼今日子さん？」

女がコクリと頷いた。

2

他人の自殺を止めたのは二度目だった。

本来、人間を脅かす存在のはずの吸血鬼が、二度も人間の命を救うなんて、とんだお笑い種《ぐさ》だ。言うまでもないが、吸血鬼は自殺をしない。吸血鬼に限らず、どの生物でもそうだが。なので、人間たちの〝自ら命を絶ちたい願望〟をとんと理解できないのだ（中には、動物園のクマ舎に飛び込んで食べられた剛の者までいるというではないか。そんなメガトン級の勇気があれば、何でもできたであろうに）。

一度目は、ビルの屋上で、うら若き少女のダイブを阻止した。十二歳の小学生であった。

その日、吾輩はビルの清掃をしていた。ホストになる前の、アルバイト時代の話だ。整形手術の費用を貯めるためにバイト三昧だった。ビルは、秋葉原の外れにある古い建物で、細かいパソコンの部品を売る店や、流行っていないメイドカフェなどがテナントとして入っていた。ビルの屋上に物置があり、清掃道具一式はそこで管理していた。一通り清掃を終え、モップやバケツを返しに戻ったところ、屋上のギリギリ端に少女が立っていたのだ。そのときが、自殺しようとする人間との初めての出会いだったので、最初は少女の目的がわからずにいた。

もしかすると、これが俗に言う〝飛び降り自殺〟というやつか？　小さなビルなので、バイトは吾輩一人しか派遣されておらず、相談相手は誰もいない。……止めるべきか、止めざるべきか。死にたがっている人間を吸血鬼が止める権利はない。死んだ方がマシな人生ならば、自殺という選択が間違いだなんて誰が咎《とが》められるだろう。ビルの屋上から飛んで終わる人生もあれば、通り魔に刺されて終わる人生もある。それが、人生だ。

吾輩も、ブサイク時代にずいぶんと美女たちに虐《しいた》げられてきた。血を飲むために「ラブホテルへ行きませんか」と誘うたび、「行くわけねえだろ。死ね」とか、「お願いだから死んで」と罵《ののし》られたものだ。

とにかく、人間は「死ぬ」という言葉が好きだ。「死ぬほど嬉しい」とか「死ぬほど頑張る」と言われても、禅問答のようで理解に苦しむ。

しかし、テレビや映画では、目の前に自殺しようとする人間がいると必ず止めることになっている。あれは、人間界のルールなのだろうか？　寸前で助けるぐらいなら、もう少し早くからお金を融資してあげるとか、美味しいものでも食べさせてあげるなどの手助けはできなかったものか。

少女が吾輩に気づき、チラリとこちらを見る。おかしい。飛び降りる気ならば、とうの昔に飛び降りているはずだ。ここは慎重に見極めろ。もしかすると自殺ではないかもしれない。全く自殺をする気のない人間に、「死ぬのはやめろ！　命を大切にするんだ！」と声をかけてしまったら、「は？　何言ってんの？　バッカじゃない！」と、言われかねない。だが、自殺でなければ、一体こんな場所で、あんな危険な位置で何をしているというのだ。もしや、高所恐怖症を克服するための特訓か？

「止めてよ」少女が言った。「ふつうは、すぐに止めるよね？」

「まあ……そうですよね」吾輩は呆気に取られ、思わず間抜けな返事をしてしまった。

「もうちょっとこっちに来てよ。写んないから」少女が吾輩を手招きする。

写んない？　どういう意味だ？　ちと、怖い。心中相手を探していて、近づいた途端抱きつき、ともに飛び降りる気だったらどうしよう？

少女は、見るからに優等生風で、自殺をするようなキャラクターとは思えない。

「早く来いよ！　飛び降りてもいいのかよ！」少女が痺れを切らし、大きな声を出す。ずいぶんと、偉ぶった態度の自殺志望者である。

　吾輩は言われるがまま、少女に近づいた。念のため、抱きつかれないよう適度に距離を保つ。

「もうちょっと、こっち」少女が指示を出す。

「もうちょっと、左」

　隣のビルに、少女と同じ年頃の女の子たちが数人、携帯電話をこちらに向けている。どうやら写真を撮っているようだ。

「これは何の行事ですか？」吾輩は、自殺志願の少女に訊いた。

「先生に怒られた仕返し。授業中、メールしてるのがバレて、ケータイ取り上げられたんだよね」

「はぁ……それで自殺を？」

「フリに決まってんじゃん。バッカじゃない？　自殺しようとして止められたところを写メに撮って、親とかＰＴＡに見せて、大問題にしてやるんだ。だから！」

「……何でしょうか？」

「さっさと止めるフリをしてよ！　飛び降りないからさ！」

　結局、吾輩は自殺を止めるフリをした。よくよく考えると、この頃から人間の復讐に手を貸していたのだ。

「お願いです。死なせてください」

松沼今日子が、涙目で訴えてきた。

今回は、本気の自殺志願である。部屋のテーブルには『生きていく自信がありません。お父さん、お母さん、ゴメンなさい』とメモ書きが置かれていた。そして、震える文字で、お世話になった人への謝罪の言葉が続いている。

「謝るぐらいなら死ななきゃいいのに」雪美嬢がぼやく。

「本当に、生きていく自信が持てないんです」

松沼今日子の目から大粒の涙が零れ落ちた。ショートカットで聡明な感じのする、いわゆる知的美人だ。ただ、顔に疲れが色濃く出ており、精神的にだいぶ参っている様子である。

「吾輩たちで良ければ、話を聞かせてもらえませんか？」

松沼今日子が、吾輩と雪美嬢の顔を交互に見た。「その前に、あなたたち二人は誰ですか？」

ごもっともな質問だ。吾輩は、手短に事の経緯を説明した（一応、〝復讐屋〟を〝便利屋〟に換えて話した。余計な誤解は招きたくない）。

「《ドクロカフェ》の店長を？」松沼今日子が、目を見開いた。「絶対にやめた方がいいですよ！　私と同じ道を歩むことになります！」

吾輩と雪美嬢が、顔を見合わせる。同じ道とはどういう意味だ？　吾輩も首を括《くく》りたくなるほど追い込まれるというのか？

松沼今日子は、真っ赤に充血した目で宙を睨みながら、爪を噛んでいる。

「そんなにカフェの店長とは激務なのですか？」不安になって、思わず訊いた。

「仕事はそれほどでは……」松沼今日子が首を捻る。

「だったら死にたい理由は何？」雪美嬢が訊いた。「あのカフェに原因があるわけ？」

松沼今日子が、爪を噛み、頷いた。そわそわと落ち着きがなく、迫り来る何かに怯えているようだ。

「《ドクロカフェ》には近づかないでください。運を吸い取られますよ」

「運？」吾輩と雪美嬢が、ほぼ同時に訊き返す。

虚ろな目で松沼今日子は続けた。「あそこには、貧乏神がやって来るんです」

「あの女、頭がおかしいんじゃない？」

雪美嬢が、豚肉を噛みちぎりながら言った。

松沼今日子のマンションの帰り、「ランチミーティングするわよ」と、雪美嬢に表参道のおしゃれカフェに連れてこられたのだ。

「お昼ごはんを食べながら、打ち合わせですよね？」

《ランチミーティング》という聞き慣れない言葉が出てきたので、雪美嬢に確認する。

雪美嬢が、呆れた顔で吾輩を見た。

「そんなことで、おしゃれカフェの店長が務まると思ってんの？　カフェには独特のルールがあるんだから早くマスターしてよね」

そう言うと、バッグから雑誌を取り出した。『東京カフェマップ』とタイトルにある。いつの間に、そんな本を購入したのだろうか。

「ここに行くわよ」ページをめくり、《表参道エリア》の中の一店を指した。

ミーティングというより、特訓といった方が正しいランチが始まった。よりによって、オープンカフェである（雑誌には、《表参道の並木道を眺めながら、パリスタイルで、ほっこり》と書いてあった。果たして、パリスタイルで、ほっこりなんてできるものだろうか）。

サングラスを持参すべきだった。眩しくて、目を開けていられない。ちなみに、雪美孃はポークジンジャーのワンプレートランチ、吾輩は豆乳カレーwithクスクスを注文した。クスクスとは一体何か、この目で確かめなければ気が済まなくなったので注文したのだ。

「絶対、あの女、頭おかしいって！」雪美孃は、嚙んでいた豚肉を飲み込んだ。「貧乏神って何？」

今、松沼今日子は、部屋で大人しくしているはずだ。近くに住んでいた松沼今日子の弟に急いで来てもらい、見張ってもらっている。さすがに、家族の前で自殺はしないだろう。

それよりも、まず気になることを訊かなければならない。

「その《ポークジンジャー》とやらは、どんな料理ですか？」

「豚肉を生姜《しょうが》のたれにつけて焼いたものよ」雪美孃が、さらっと答える。

「だったら、わざわざ《ポークジンジャー》なんて言わず、《豚肉の生姜焼き》ではだめなんですかね？」

「ダメよ。おしゃれカフェなんだから」雪美孃が、目を吊り上げる。

「豆乳カレーwithクスクス、お待たせしました」

青年従業員が、気怠い様子で吾輩の皿を持ってきた。声も小さく覇気がない。

「彼は体調が優れないんでしょうかね？」

青年が去った後、雪美嬢にこっそりと訊いた。

「あれが、おしゃれカフェにおける正しい接客よ。決して、大きな声を出さずにクールにサービスするの」

「吾輩は……決して、気分が良くはなかったですが……」

「カフェに来るお客さんは気持ちいいの」

「いらっしゃいませ！　と、陽気に挨拶してくれた方が……」

「何言ってんのよ。居酒屋じゃないんだから。聞こえないぐらいの声がちょうどいいの」

いやはや、カフェとは奥が深い。「おめぇ、ホストは一に元気で二に元気。三、四がなくて、五にドンペリダンスのキレだべ？」と口を酸っぱくしていた聖矢さんとは、真逆の教えではないか。同じ接客業でも、こうも違うのかと愕然とする。どうやら、カフェの雇われ店長も一筋縄ではいきそうにない。

「早く食べなさいよ。デザートまで食べるんだから」雪美嬢が、吾輩の皿を指す。

皿の上を見る。やたらと薄い色のカレーの横に、おからのような物体がちんまりとあった。

「これは……何でしょうか？」

「だから、それがクスクスだってば」

「ライスは？」

「ないわよ。ｗｉｔｈクスクスなんだから」

いやはや、カフェとは奥が深い。カレーと言えば、ライスではないのか。福神漬けを付けろとまでは言わないが、せめて白米で食したい。

覚悟を決めて、クスクスを口に運ぼうとするがうまくいかない。一ミリほどの粒状なのに、スプーンではなく、フォークが置かれているのだ。これではポロポロポロポロと零れて、一向に食べることができない。

「何してんのよ？」雪美嬢が、さらに目を吊り上げる。

「……スプーンを頼んでもいいですか？」

「ダメよ。ここは、おしゃれカフェよ」

もしかすると、おしゃれとは我慢することなのか？　やっとの思いで、口の中に入れたクスクスは、見た目通りのパサパサ＆ボソボソで、決して美味とは言い難かった。やはり、カレーはライスに限る。

結局、豆乳カレーｗｉｔｈクスクスに悪戦苦闘し、ミーティングはほとんどできなかった。

「夜もカフェで、カフェめし食べるから」

店を出た雪美嬢が言った。まさに、鬼軍曹だ。

3

貧乏神とは、一体何のことか？

雇われ店長の初日を明日に控え、吾輩は、松沼今日子の言葉を思い出した。

『あそこには、貧乏神がやって来るんです』

打撃場でバッティングの神様に会ったかと思えば、次は貧乏の神様だ。

そもそも、貧乏神とは、《ドクロカフェ》に来ていた客のことを指すのか、何かの象徴なのか、松沼今日子に訊ねても、震えながら首を横に振るだけで答えてはくれなかった。

「死神とは、また違うんですよね？」

吾輩の問いに、雪美嬢は東尾からあずかった従業員名簿から目を離さず、鼻で笑った。

「死神より、全然怖いわよ」

「えっ？　死神の方が恐ろしいイメージがありますが……」

「だって、貧乏になるのよ。死んだ方がまだ楽じゃん。死んだら貧乏も終わるしね」

派遣や劇団員を体験した吾輩にはピンとこない。

「あ、ここだ、ここ」雪美嬢が、看板を指した。看板には《居酒屋　大王タヌキ》と書かれている。店の前に、バスケットボール大の立派な二つの玉を持った、体長二メートルの大タヌキの人形が置いてある。

「この店で、渡辺勤《わたなべつとむ》が働いているんですよね」吾輩は、雪美嬢が手にする名簿を覗いて言った。

一時間前、渡辺が住むマンションに行った。なぜ《ドクロカフェ》を辞めたのか理由を訊くためだ。渡辺は不在だった。代わりに同居人がいて、渡辺のバイト先を教えてくれたのだ。

渡辺は、背中に大きく《狸《たぬき》》と書かれたハッピを着ていた。口髭と顎鬚を生やしてはいるが、清潔感はある。目鼻だちが整い、男前だが少年のあどけなさも持ち合わせていた。たとえるなら、和製ジョニー・デップといったところか。

「いらっしゃい！　飲み物は何にしましょ！」渡辺が、威勢のいいかけ声とともに吾輩たちのテーブルにやって来た。つい最近までカフェで働いていたとは思えない元気の良さだ。「突き出しです！　どうぞ！」と、金平牛蒡《きんぴらごぼう》をテーブルに置いた。

人間界の中で、解《げ》せないシステムは数多くあるが、突き出しほど勝手なものはないと日々思っている。頼んでもいないものを一方的に押しつけ、料金を取るとは何事かと、遠い昔、居酒屋初体験のとき、店員と殴り合った記憶がある。

「渡辺勤さんですよね？」雪美嬢が訊いた。

「あれ？　お姉さん、どこかで会いました？」渡辺が、雪美嬢の美貌《びぼう》に、わずかながら鼻の下を伸ばした。

「なんで、《ドクロカフェ》を辞めたんですか？」雪美嬢が単刀直入に言った。

渡辺の表情が笑顔のまま固まった。「え？　何？　誰？　アンタたち誰だよ？　もう、あの店とはカンケーねえんだから、これ以上俺の人生を狂わさないでくれる？」

異常な早口でしゃべり、注文も取らずにテーブルを離れようとする。

と、そのとき、戸が開き、温《ぬる》い風とともに、新しい客が店に入ってきた。

渡辺が、入り口に立っている男を見て、ボールペンと注文書を床に落とした。「ヤッベェ……」

入り口の男は、渡辺を見て微笑んだ。

「あの男の頭に、大きなかりん糖が沢山くっついてますね」吾輩は、男の頭を見て言った。

「馬鹿。ドレッドヘアーって言うのよ」雪美嬢が呆れ顔で答える。「レゲエミュージシャンなんじゃない？」

無数の向日葵《ひまわり》がプリントされたシャツに赤い短パンを穿いた、とにかく派手な男である。

「あ、あんたらが連れてきたのか？」渡辺が、レゲエ男を指して言った。

「誰なのよ、アイツ？」

「貧乏神だよ」渡辺の顔から、汗が噴き出している。「ヤバイよ。この店も潰されちまうよ。俺は知らねえからな！」

渡辺は前かけを外し、「店長！　辞めます！」と、一目散に店から出て行った。

「え？　辞めちゃったよ」

「辞めちゃいましたね」

吾輩と雪美嬢は、呆気に取られて目をパチクリとさせた。他の店員も客たちも啞然《あぜん》とし、一時の間、店内がシーンと静まり返ったが、すぐに何もなかったかのように元の営業に戻った。

レゲエ男は、店員に案内されカウンターに座った。

「渡辺を追いかけなくていいんですか？」

「アイツが先よ」雪美嬢はレゲエ男を睨んで言った。

だが、店員に注文している姿は、害のある人間に見えない。

「何がどう貧乏神なんですかね？」

「確かに貧乏くさい格好してるけど……」

女の店員が、生ビールのジョッキを二つ持ってきた。

「え？　頼んでないけど？」雪美嬢が店員に言った。

「あちらのお客様からです」店員が指さす方向を見ると、レゲエ男が自分のジョッキを上げ、乾杯のしぐさをする。

なぜ、吾輩たちのことを知っているのだ？　依頼人の東尾を恨む誰かが、貧乏神を送り込んできたのか？

「上等じゃない」雪美嬢が、負けじとジョッキを上げる。「宣戦布告ってわけね」

轟音《ごうおん》が響き、入り口の引き戸のガラスが割れた。何事かと目をやり、驚いた。

大タヌキの人形が突っ込んできたのだ。

「た、大将！　タヌキが倒れました！」女の店員が叫ぶ。

カウンターの奥から、スキンヘッドの大将が飛び出してきた。「そんなわけないよ！　ちゃんとボルトで固定してるんだから！」客に言い訳するように叫ぶ。

「す、す、すいません！　怪我はないですか！」

大タヌキが割った戸の向こうから、中年のタクシー運転手が現れた。運転を誤り、大タヌキにぶつかったのだ。

「何してくれてんだ、てめぇ！」「トロロ汁スーツにこぼしただろうが！」「ぶっ殺すぞ！」

さっきまで大人しく飲んでいたサラリーマン三人組が激怒した。彼らは一番入り口に近いところにいたせいで、一番被害に遭ったのだ。三人がかりで運転手の髪やら服やらを摑み、店内を引きずり回した。運転手も手足をバタつかせ抵抗したので、他の客のジョッキや椅子をなぎ倒し、怒った数名の酔っ払いが喧嘩に加わり、《居酒屋大王タヌキ》は暴動さながらの大混乱に陥った。あちらこちらで、グラスや徳利が割れる中、レゲエ男は静かにビールを飲んでいる。

「ちょっと！　何よこれ！　ありえないって！　タケシ何とかしてよ！」壁際《かべぎわ》に避難した雪美嬢が、頭を押さえて叫ぶ。

何とかしたいが、客と店員、約四十名あまりが興奮しているのだ。ちょっとやそっとでは収まりがつかない。

「てめえら、いい加減にしやがれ！　人の店を何だと思ってやがんだ！」大将がカウンターの上で、料理包丁を振り回して怒鳴る。そこに、おでんの具が飛んできた。熱々のおでんの汁をたっぷり吸い込んだ大根が、大将の右目を直撃する。

「アチッ！」大将の手から、料理包丁がすっぽ抜けた。

「危ない！」

一足遅かった。料理包丁は導かれるように真っ直ぐ飛んできて、雪美嬢の腹に深々と刺さった。

「マジ？」雪美嬢は信じられないという顔をして、油まみれの床に倒れた。

「刺された！」誰かの叫び声と女店員の悲鳴で、全員が動きを止める。

「救急車！」「いや、タクシーの方が早い！」ボコボコにされたはずの運転手が、店の外へと走る。

「運べ！」数名の男性客と吾輩が、雪美嬢を抱え上げた。

奴はどこだ？　吾輩は店内を見回したが、レゲエ男は消えていた。

雪美嬢は、一命を取りとめた。

料理包丁は奇跡的に重要な内臓器官を避けて刺さっていたのだ。もしこれが、レゲエ男の仕業だとしたら？　奴が居酒屋にやって来た途端、立て続けに不運が連鎖反応を起こしたのだ。不運を招く男だとしたら、《ドクロカフェ》の従業員たちが逃げ出したのも納得できる。

「貧乏神というより、破壊神だな」見舞いに訪れた土屋が言った。「まあ、人に災いを起こすって意味では同じだけど」

雪美嬢は一命を取りとめたが、重体である。緊急治療室で、まだ意識が戻っていない。死の淵を一人で彷徨っているのだ。

「もちろん、このままじゃ済まさないんだろ？」土屋が両眉を上げた。

吾輩は、黙って頷いた。復讐屋として引き下がるわけにはいかない。きっちりと借りは返させてもらう。

次の日から、吾輩は《ドクロカフェ》の雇われ店長として店に出た。レゲエ男を誘《おび》き寄せるためだ。新しい従業員を集め、店を再開すれば、敵は向こうからやって来るはずだ。

とりあえずは、手近なところから人を集めた。土屋に聖矢さんである。ジャック・

ニコルソンにそっくりの中年弁護士と、金髪ロン毛で日サロで肌を黒々と焼いたホストだ。おしゃれカフェには程遠いが、贅沢を言ってはいられない。

「料理は、誰が作ります？」

二人とも、首を横に振った。

「この十年、赤ワインのあてのチーズを切るときしかキッチンに立ってない」と、土屋。

「ゆで卵ならできるぜ。電子レンジで生卵をチンすればいいんだべ？」と、聖矢さん。「よく爆発するけどよ」

致命的だ。フードがなければ、カフェとして辛い。吾輩も料理は作れない。吸血鬼にとってのご馳走は、しとやかで美しいご婦人の血なのだから、料理を作る必要がないのだ。

「喫茶店なんだから、コーヒーがあればいいんじゃないのか」と、土屋がぼやく。

「喫茶店ではありません。カフェです」

貧乏神のレゲエ男を送り込んできた謎の人物は、東尾の店を潰すのが目的なのだ。店を立て直し、客が増えれば、レゲエ男も必ず現れる。復讐を成し遂げるためには、店を流行らすことが絶対条件となってくるのだ。そのためには、充実したメニューを提供しなければならない。

「ギャルを十人ほど集めて指名制にすれば、大流行間違いなしだべ？」と、聖矢さん。

「〝キャバカフェ〟か、新しいな」と、土屋も調子を合わす。

本当にこの人たちを従業員にして良かったのだろうか。助けてもらえるのは有難いが、逆に自分の首を絞めているような気がする。スタッフ募集の貼り紙やチラシは作るつもりだが、優秀なスタッフが集まるまで、このメンバーで乗り切る他ない。但し、料理を作れる人間は早急に用意せねば話にならない。

「弁護士の人脈で、誰かスゴ腕の料理人を呼べませんか？」吾輩は土屋に言った。

「腕の立つシェフは何人も知ってるけど……」

「紹介してください。復讐が終わるまでの短期間でいいんです」

「それは、難しい相談だな。腕の立つ人間ほど、一流店で料理長を任されていたり、自分の店を持っていたりするだろ。そう簡単に、来てくれるとは思えねえな」

土屋の言う通りだ。大金を積まない限り来てはくれないだろう。

「一人いたぞ」土屋の眉が上がる。「スゴ腕で、今、店に入ってない人間が」

「ぜひとも呼んでください！」

確認してから、頼むべきだった。

次の日、ガンコすぎて、《ガンコーネ》を潰したガンコ親父こと星川源三《ほしかわげんぞう》が、《ドクロカフェ》に姿を現した。

星川はキッチンの水まわりや道具をチェックして、満足気に頷いた。「まあまあだな」

「メニューなんですけど……」

「先に言っておくが」星川が吾輩の言葉を遮る。「わしはペペロンチーノしか作らんからな」

4

二日間、客は一人も来なかった。

「こりゃ、潰れるな」土屋が、カプチーノを飲みながら言った。「この一杯でギブアップだ。もう飲めない」

土屋は吾輩のカプチーノを入れる練習に付き合ってくれていたのだった。中々上手に泡でハートを描くことができず、今日だけで五杯も飲ませてしまっている（そもそもハートにする必要性に疑問を抱いているのだが)。

「暇だな……」土屋が葉巻に火をつけた。美味そうに煙を吐き出す。おしゃれカフェが、見る見る煙たくなる。

聖矢さんは、デザインチェア(東尾曰く、イームズというおしゃれなブランドらしい)に腰かけ、《少年ジャンプ》を読んでいる。星川の親父は四時間、ずっとカウンターの中で腕組みをして、店の入り口を睨んだままだ。

「内装が悪いんじゃねえの?目がチカチカして落ち着かねえべ?」聖矢さんが《少年ジャンプ》を読み終え、言った。実際、通行人の何人かは、ガラス窓の向こうからチラチラとこっちを見ているような気もする。

確かに、新進気鋭のデザイナーが手がけただけあって、《ドクロカフェ》の内装は奇抜だ。店に入ってすぐのクリーム色の壁に、でかでかとオレンジ色のドクロの絵が描かれている。カウンター五席、四人がけのテーブル席が七つと、さほど大きな店ではない。店内のあらゆるところにドクロがある。灰皿や紙ナプキン入れ、コースターまでドクロ形だ。しかも、そのドクロが原色だったり、紫だったり、ピンクだったりで、聖矢さんの言う通り目に煩い。椅子やテーブルも色や形が席によってバラバラで、落ち着きに欠ける(やたらと丸い椅子だったり、やたらと低いテーブルもある)。

ただ、これがおしゃれなのだ。東尾曰く、一カ月前までは、かなり繁盛していたらしい。大通りではないにしろ、一階の路面店である。人通りも少なくない。カップルの一組や二組、入店してくれても良さそうなものなのだが。

ここは客観的に見ることにしよう。

吾輩は店のドアを開け、表の通りへと出た。二十メートルほど離れ、通行人と同じように通りを歩く。通行人の気持ちになって《ドクロカフェ》の前を通ってみよう。

……こりゃダメだ。ガラス窓から見える店内には、黙々と葉巻の煙を吐き続けるジャック・ニコルソンと、デザインチェアに両足をのせて三角座りをする元暴走族と、喧嘩相手でも探しているかのような目つきのガンコ親父が腕組みをしてこっちを見ている。この中に入っていくのは相当の勇気がいるだろう。原因は、はっきりした。あの三人だ。しかし、いきなりクビにすることもできない。まずは、少しずつ改善をしていくしかない。とりあえず、葉巻と《少年ジャンプ》と腕組みは禁止にしよう。

「葉巻は大人の男のおしゃれだろう」と抗議する土屋に、チラシ配りを任せることにした。

「催眠術をお願いします」吾輩が、頭を下げる。

「だから弁護って言ってんだろうが」

「弁護をお願いします。店のチラシを渡す人に、ペペロンチーノが食べたくて食べたくて仕方がなくなるように弁護をかけてください」

「わかったよ。雪美の仇を討つためだもんな」

土屋はチラシを持って大通りへと向かった。次は聖矢さんだ。

「聖矢さんは、サクラ集めをお願いします」吾輩は、土屋のときと同様に深々と頭を下げた。

「嫌だよ、ダッセえじゃん！」

「復讐のためなんです！　客が埋まらなければ、レゲエ男も来ないんです！　お願いします！」

「わーったよ」吾輩の迫力に押され、聖矢さんが立ち上がった。「歌舞伎町のホストの底力見せてやっからよ。楽しみにしとけ」

頼もしい台詞を残し、聖矢さんは肩で風を切り、大股で出て行った。腐ってもナンバー1ホストだ。何人かは、女の子たちを連れて来てくれるだろう。

「わしは、ペペロンチーノしか作らねえぞ」星川が、腕組みを崩さず言った。

「それはかまわないんですが、せめて……」

「何だ？」声も大きい。こっちが怒られている気分になる。

だ。

「笑顔になれませんか？」

「料理は真剣勝負だ。歯は見せない」

大笑いをする必要はないんだが……。このガンコ親父を説得するには骨が折れそうだ。

「お孫さんのお名前は？」

「そりゃ、孫と遊ぶときに決まってんだろう」

「星川さんは、どんなときなら笑うんですか？」

「くるみっていうんだ。可愛い名前だろ。ものすごい美人なんだよ。特に、ヒップラインが最高でさ、マリリン・モンローも裸足で逃げ出すぜ」

名前だけ言われても何とも言えないが、とりあえずはご機嫌を取らなければ。「とてつもない美人ではないですか！」と、大袈裟《おおげさ》に喜んでみた。

「そうだろ〜？」星川が、見たこともないようなデレデレの顔になった。

溶けかけた雪ダルマのような笑顔だが、ガンコ丸出しの仏頂面よりは千倍もマシだ。どうにかして孫の力を借りなければいけない。

「くるみさんは、おいくつになるのですか？」

「六カ月だ。もうハイハイができるんだぞ。可愛いだろ〜」

……まだ赤ん坊ではないか。

結局、三日目も客は来なかった。

復讐への道は遠い。レゲエ男へとたどり着く手がかりはないものかと、従業員名簿を頼りに何人かの元従業員の家を訪ねたが、すべて空振りに終わった。全員が貧乏神に怯え、関わることを拒否した。中には行方不明の者までいた。

クサクサした気持ちになり、四日目の朝一番に《明治神宮外苑打撃練習場》に足を向けた。午前九時から営業しているのだ。ランチ営業までのひととき、軽く汗を流してストレスを解消したい。

吾輩が一番ノリかと思いきや、先客が一人いた。バッティングの神様が、先日と同じウインドブレーカー姿でベンチに座り、新聞を読んでいる。

チャンス到来だ。他に誰もいない今、教えを乞う絶好の機会ではないか。勇気を振り絞って、神様に近づき声をかけた。

「あの……神様ですよね？」

冷静に考えれば、こんな滑稽な声のかけ方もない。ただ、名前を知らないので、こうするしかないのだ。

神様は、新聞を持つ手はそのままで、ジロリと目だけを吾輩に向けた。「子供たちからは、そう呼ばれてるがな」

「お名前は何とおっしゃるんですか？」

「神様でいい」神様は新聞記事に目を戻し、答えた。もしかすると、本人が子供たちに呼ばせているのじゃないかという疑念が湧かないでもない。

「わ、吾輩に、バッティングを教えてはいただけないでしょうか」

緊張のあまり、直立不動になってしまった。神様は無言で新聞を読んだまま、何も答えない。

永遠かとも思える沈黙の時が流れた。

「残酷な事件が多いのう。いつから、こんな狂った世の中になったんじゃ？」独り言のように呟く。

返事をしようか迷ったが、何も言わずにいた。どう答えればいいのかわからなかったからだ。

吾輩の目に、新聞の見出しが飛び込んできた。《新宿歌舞伎町で無差別殺人。六名が死亡。犯人、未だ逃亡中》と、大きく書かれている。

「歌舞伎町で殺人事件？」思わず声が出た。

「知り合いでもいるのか？」

「昔、働いてた場所なんです」

「水商売か？」

「ホストです……もう辞めましたが」

「巻き添えにならなくて良かったな」神様が新聞を畳み、ベンチから立ち上がった。

「打席に入って素振りをしてみろ」


絶好調である。

なにもかもが、うまく回りはじめた。雪美嬢の容体も順調に回復した。回復どころか、メロンが食べたいだの、海外ドラマが観たいからDVDプレーヤーを病室に設置しろだの、どうしても焼肉を食べたいので病院からの脱走を手伝えだの、五月蠅《うるさ》いにも程がある。退院の日も近いだろう。ひとまずは、安心だ。

《ドクロカフェ》の前には、連日行列が絶えない。土屋の魔術的な弁護（催眠術と言うと本人が怒る）が功を奏し、客たちは血まなこで星川のペペロンチーノを食べに来るのだ。噂はブログで広まり、テレビの取材も殺到した。聖矢さんの連れてきた女たちは、サクラからウエイトレスに格上げし、ペペロンチーノを運びながら色香をふりまき、男性客のハートをガッチリ摑んでいる（吾輩のカプチーノのハート泡は、客のハートをガッチリ摑めず、ほとんど注文されない。もはや、カフェというより、ペペロンチーノ屋だ）。

星川の機嫌もすこぶるいい。「くるみのペペロンチーノ」と注文が入るたび、頰が緩んでいる。一番のネックであった星川のガンコへの対応として、メニューに孫の名前をつけたのだ。

「あの……このペペロンチーノ、くるみが入ってないんですけど」と、客の一人が手を上げた。

「あ、ただ今お持ちします」とウエイトレスの一人が、くるみの入った小皿をトンッとペペロンチーノの横に置いた。

「えっ？　これは？」何事かと、客が驚く。

「突き出しです」ウエイトレスが、笑顔で答える。

もちろん、星川はこだわりのペペロンチーノに、ニンニクと唐辛子以外のものが入るのを許さない。苦肉の策として、居酒屋の突き出しの如く、別に出すことにしたのだ。

「くるみの甘さが、ニンニクの香ばしさを際立たせるんです」とウエイトレスがマニュアル口調で説明を加えると、客は「こだわってますね！」と、嬉々としてくるみをかじった。軽い詐欺を働いている気分だ。

とうとう、貧乏神が姿を現した。

その日、一番忙しいお昼時に、フラリと店に入ってきたのだ。

土屋と聖矢さんの顔に緊張が走る。レゲエ男の外見的な特徴は伝えていたので、かりん糖頭を見た瞬間わかったようだ。

飛んで火に入る何とやらだ。この日のために罠《わな》を用意してきたのだ。復讐屋の誇りを賭《か》け、貧乏神を捕らえて黒幕の名前を吐かせてみせる。

レゲエ男は、カウンターの一番端に案内された。吾輩を見つけ、意味ありげにニヤリと笑う。腹の中が噴火口のように煮えくり返ったが、グッとこらえ、あえて笑顔で返してやった。笑っていられるのも今のうちだ。

「いらっしゃいませ」

ウエイターに扮した聖矢さんが、レゲエ男の前に水を置いた。睡眠薬を溶かし込んだ水だ。まず眠らせ、ここから移動させる。《大王タヌキ》のようなパニックで、一般客を巻き込むのはごめんだ。

「ペペロンチーノ」レゲエ男が言った。想像よりも高い声だ。三十代半ばに見えるが、もしかすると、意外と若いかもしれない。

「かしこまりました」聖矢さんが頭を下げる。振り返り、吾輩にウインクを送る。

しかし、レゲエ男は一切水に手をつけようとしなかった。ジリジリと焦りが募る。ペペロンチーノだけ食べて帰られたら、二度と捕らえることはできないかもしれない。

聖矢さんが動いた。忘れていた。聖矢さんは気が短かったのだ。

「お客様」聖矢さんが、再びレゲエ男の前に立つ。「とりあえずは、お水をどうぞ」

直球にも程がある。忘れていた。聖矢さんは馬鹿だったのだ。

これまたウエイターに扮した土屋が顔をしかめ、フォローに動いた。

「お客様」土屋が聖矢の横に立つ。「当店は水にもこだわっておりまして毎朝オーナーが富士の地下水を汲み上げてきているのです。富士の地下水はバナジウムが豊富に含まれておりまして太陽をたっぷりと浴びたデュラム粉を使った当店の手打ち麵に含まれるグルテンとバナジウムがお口の中で出合いますとペペロンチーノの美味しさがそれはもう……」

さすが弁護士だ。よくも、次から次へと嘘八百が出てくるものである。

「あ、そう。俺、地下水嫌いだから」レゲエ男があっさりと断った。何か勘付かれたかもしれない。

飲まぬなら、飲ませてみせようである。吾輩はキッチンに入り、調理中の星川に声をかけた。

「レゲエ男のペペロンチーノは？」

「今、完成したところだ」星川が、フライパンから麺を皿に盛り付けている。

吾輩は、荒挽きの胡椒《こしょう》ミルを取り、レゲエ男のペペロンチーノの上でガリゴリと挽《ひ》きまくった。辛くしてしまえば、水を飲まざるをえないだろう。

「馬鹿野郎！　わしの作品に何やってんだ！」

激怒した星川が、吾輩にフライパンを投げつけた。ミスを二つ犯してしまった。一つは、事前に星川に説明しなかったこと。二つは、フライパンを避けてしまったことだ。

フライパンは、壁に当たり、思わぬ方向へと跳ね返った。キッチンから店内へ。さっきまで火にかけられていたフライパンが飛んでいく。

不運の連鎖は、既に始まっていたのだ。

5

ここで、元劇団員の藤森の話をしよう。

吾輩も、多種多様な職に就き、様々な人間たちと出会ってきたが、藤森ほど運の悪い男を知らない。妻の竹子から聞いた（あれから、たまに吾輩の元に愚痴の電話がかかってくるのだ）、彼の不運エピソード、ワースト3を発表しよう。

まずは、第三位。自転車を盗まれる。単なる盗難なら、誰の身にも一度や二度、起こったことはあるだろう。このとき、藤森は、四十度近い高熱があった。インフルエンザに体を蝕《むしば》まれていたのだ。さらに間が悪いことに、《劇団チームKGB》の本番前日であった。リハーサル中にダウンしてしまった藤森に、「この金で病院に行ってこい」と、座長尾花が一万円札を渡した。本番前で忙しい上に、極貧で、まともな食生活をしていなかったので、体の免疫力が極度に落ちていたのである。尾花は、もう五千円を渡し、「これで栄養を摂《と》れ。食欲がなければ、ゼリーでもヨーグルトでも食べるんだ。明日が本番なんだからな」と劇場から送り出した。藤森は、尾花の温かさに涙し、何が何でも明日までに治してやるんだと、《ローソン》でゼリーを買っている途中に、自転車を盗まれたのだ。ブチギレた藤森は、「犯人は、絶対まだ近くにいるはずだ！　必ず見つけ出してボコボコにしてやる！」と、熱があることも忘れ、《ローソン》から五キロ圏内を徒歩で探しに探した。ちなみに、季節は真冬である。

二時間、三時間、五時間、七時間延々歩いたが犯人は見つからず、十時間も超える頃には、体の芯からポカポカと温まっている自分に気づく。「人間、健康のためには歩くことが一番いいのだ」と悟った藤森は、《ドン・キホーテ》に行き、財布にあった金で、一万四千八百円のウォーキングシューズを買った。本番当日、心配顔の尾花に、「やっぱり、これからはウォーキングですよ」と靴を見せ、「座長も買ったらどうですか?」と薦めた。「それは誰の金で買ったんだ?」「……あっ」藤森は、高熱と自転車盗難のショックですっかり忘れていたのだ。尾花が鉄拳《てっけん》を見舞ったのは言うまでもない。

第二位。妻の誕生日に、小便を漏らす。三十歳の大の大人がである。そのときは運悪く、妻・竹子の誕生日と劇団の公演日が重なってしまっていた。しかも間が悪いことに、公演最終日だ。バラシと呼ばれる劇場からセットを撤収する作業や後片付けがあり、その後、打ち上げがある。何よりも劇団を優先しなくてはいけないのが、劇団員の宿命だ。藤森は、酒に酔った尾花のダメ出しをジリジリと聞き、解散するのを今か今かと待った。やっと終わったのは、午前二時だった。これはマズい。竹子がどんな思いで、家で待っているだろうか。藤森は、マンションに着き、部屋のドアの前でカバンを開け、愕然とした。今日のために買っておいた誕生日プレゼント&ケーキがないのだ。今日の朝、劇場に入る前にちゃんと買っておいたのに……劇場に忘れた。そうだ、バラシの荷物と混ざらないように、楽屋の冷蔵庫の上に置いたのだ。でも、そこからカバンに戻した記憶がない……。やってしまった。さんざん待たした挙句、プレゼントとケーキを忘れたなんて言ったら、竹子はどれだけ悲しむことだろう。ここは意地でもプレゼントを用意しなければ。こんな時間、店も開いてない。何がある？　どうすれば竹子は喜んでくれる？　藤森は衣装ケースを見た。俺は役者だ……演技で喜ばせるのが、最高のプレゼントではないのか？　今回の役柄は、初日に観に来た竹子が、「お腹が痛くなるぐらい笑ったよ」と絶賛してくれたではないか。その役のキャラクターが誕生日を祝ってくれれば、こんなに嬉しいことはないだろう。藤森は、衣装ケースを開け、服を脱ぎ、今回の公演の準主役であったオカマのストリッパー《モッコリーヌ》に変身した。衣装は至ってシンプルに、黒いブリーフにサスペンダーと蝶ネクタイだけ。ここまでやれば、竹子も許してくれるだろう。藤森は、竹子の喜ぶ顔を想像しながらインターホンを押した。応答なし。もう一度、押す。竹子が出てくる様子はない。まさか……寝てる？　何、寝てるんだよ！　起きろよ！　普段の自分のことは棚に上げ、藤森は舌打ちをした。ちなみに藤森は、居眠り病のせいで物をよく失くすから、家の鍵は持ち歩いていない。このままでは、家に入ることもできない。午前二時半。マンションの住人にこの露出狂一歩手前の姿を見られたら、どう言い訳しよう。下手すれば、警察を呼ばれるかもしれない。ちなみに、季節は真冬である。体の芯から冷えてきた。どうしよう？　服を着ようか？　ただ、着ているときに竹子がドアを開けたら、興ざめだ。本来の目的は、竹子を祝うことなのだ。悩んでいるうちに、猛烈な尿意が迫ってきた。打ち上げで飲んだビールが憎い。二度、三度、インターホンを押すが、竹子は起きない。着替える？　でも、竹子を喜ばせたい！　でも、ヤバイ！　尿意がそこまで迫ってきた。ガチャリ。「おかえり～」と、寝ぼけ眼《まなこ》の竹子がドアを開けた。藤森は尿意をこらえ、公演と同じ演技でポーズを決めた。「出てくるの遅いわよ！　寝てんじゃないわよ！　ハッピーバースデー竹子ちゃん！」「《モッコリーヌ》だ～」喜ぶ竹子の顔を見て、緊張の糸がプツリと切れた。ダムが決壊したのだ。「漏れるわよ～」藤森は、オカマ言葉で叫び声を上げた。竹子が平手打ちを見舞ったのは、言うまでもない。

そして、栄えある第一位。ペットの鳥が死ぬ。これは涙なしでは語れない哀しい話だ。藤森と竹子は一羽の文鳥を飼っていた。役者として中々売れない焦りと、将来への不安で、藤森と竹子は毎日、夫婦喧嘩を繰り返していた。文鳥はその喧嘩をじっと見守り続けたせいで、ストレスで禿《は》げた。文鳥の体調は見る見る悪くなり、ある日、竹子が実家に用事で帰っている最中、その文鳥はポックリと死んだ。藤森は、自分を責めた。自分が文鳥を殺したんだと、電話で泣きながら竹子に何度も何度も謝った。二人は、新しい文鳥を飼うことにした。新しい文鳥の名前は藤森が決めた。メキシコのプロレスの言葉で、《空中殺法》という意味の《ルチャ・リブレ》から取って《ルチャ》にした。「空中だって。笑えるけど可愛いね〜」と竹子は、喜んだ。「元気良く空を飛んでほしいもんね」後日、辞書で調べたら、空中は《リブレ》の方で、《ルチャ》は殺法だった。

吾輩は、藤森のあまりの不運ぶりに驚き、そんな夫を持つ妻としてやっていくための心得を竹子に訊いた。

「〝何とかなるさ〟って心の中で念じるの。毎回怒ってたら、こっちの神経が持たないから」

何とかなるさ。

飛んで行くフライパンを見ながら、吾輩は心の中で念じた。

どえらいことになった。フライパンは回転しているので、熱々のガーリックオイルが店中にシャワーのように降り注いだ。悲鳴や怒号が上がる。いくら、ペペロンチーノが売りの店とはいえ、この仕打ちに客たちは激怒した。レゲエ男だけが、涼しい顔で隣の客のペペロンチーノを食べている。何とも太々《ふてぶて》しい奴だ。

カフェには、開放的な雰囲気が求められる。《ドクロカフェ》も、天気が良く、暖かい陽《ひ》が射《さ》す日は、全ての窓を開け、外の空気を入れている。その窓から、空飛ぶフライパンが飛び出した。まるでフライパンに意思でもあるかのように。

最悪の事態が起きた。フライパンが、乳母車を押す若奥さんの足を直撃したのだ。

「キャアア！」若奥さんが悲鳴を上げ、赤ん坊が乗っている乳母車から手を離してしまった。ドミノ倒しのように不運の連鎖反応が起こる。《ドクロカフェ》の前はなだらかな坂になっており、乳母車がまたもや自分の意思を持つかのように走り出した。母親を置き去りにし、乳母車はどんどん坂を下りていく。「待って！」母親は追いかけようとするが、火傷《やけど》した足の痛みで立つことができない。

「また、坂かよ！」土屋が店を飛び出した。吾輩と聖矢さんも後に続く。

坂の先は、交通量の多い大通りだ。乳母車が大通りまで出てしまったら、赤ん坊が無事でいられる可能性はぐっと低くなる。今になってやっと、《ドクロカフェ》を逃げ出した従業員たちの気持ちがわかった。なぜ、レゲエ男のことを貧乏神と呼び、恐れていたのかも。奴が来ると、誰かの命が危険に晒《さら》されるのだ。カフェでほっこりしている場合ではない。

乳母車に中々追いつけない。大通りは、もう目前に迫っている。

「アンタッチャブルじゃねえんだから！」土屋が叫び、並走していた自転車配達便のお兄さんの喉仏に、逆水平チョップを入れた。派手な音を立てて、自転車が転ぶ。ヘルメットをしているので大きな怪我はないだろう。土屋はドロップハンドルの競輪選手が使うような自転車を奪い、乳母車を追いかけた。

「おい！　これ、ブレーキがねえぞ！」土屋が、前方で叫ぶ。

聞いたことがある。今、おしゃれな人々の中で、好んでブレーキのない自転車に乗る輩がいることを。道路交通法違反ではないのか？　自己責任ではあるが、おしゃれのために他者を巻き込むのはやめてほしいものだ。まあ、それを知らずに奪う方も悪いのだが。

案の定、土屋は電柱に激突した。これも、不運の連鎖の一つだ。

とうとう、乳母車が大通りに出た。一台、二台と、車が乳母車の横を通り抜けていく。三台目の車が、乳母車に突っ込んだ。が、それよりほんの一瞬早く、聖矢さんが赤ん坊をつまみ上げた。「受け取れ！」乳母車の中から抱き上げた赤ん坊を、ラグビーボールのように吾輩へとパスする。大通り手前の吾輩が、滑り込みながら赤ん坊をキヤッチした。

「聖矢さん！　助かりましたよ！」

いや、遅かった。空の乳母車と聖矢さんが、宙に舞った。車に撥ねられたのだ。歩道まで飛ばされた聖矢さんは、アスファルトの上で、頭から血を流している。

「聖矢さん！　聖矢さん！」

赤ん坊を抱えながら叫ぶ吾輩の肩を、後ろから誰かが叩いた。

レゲエ男だった。虚ろな目、カサカサな肌、並びが悪く、黄色い歯。近くで見ると、異様なまでに負のオーラを醸し出している。

「俺が貧乏神って呼ばれてんのは」レゲエ男が言った。「俺の周りにいる人間が、とんでもない貧乏くじを引かされるからなんだよね」

レゲエ男は、ガタガタの歯の隙間から、フッシュと不気味な笑い声をもらした。

許さん！　吾輩は、レゲエ男の胸ぐらを摑んだ。殴りたいが、赤ん坊を抱いているので手が塞がってしまっている。

「救急車を呼ばなくていいのかよ？」レゲエ男が、通りの向こうの聖矢さんを指した。「あのままだと死んじゃうよ」

「覚えとけよ。次に会ったときは、お前の血を全て飲み干してやるからな」吾輩は、震える声で言った。

「何？　それ脅し文句？　ギャグかよ」レゲエ男は、鼻で笑い、去って行った。去り際に、「《ドクロカフェ》からは手を引けよな。ま、営業したくても当分できないけどな」と言い残し……。

吾輩は、坂の上を見た。店から煙が上がっている。暴徒化した客の一人が、火をつけたのだ。

6

死人は出なかった。

《ドクロカフェ》は、全焼まではいかなかったが、とても営業できる状態ではなかった。

「完敗だね、こりゃ。諦めて、店は閉めるしかないっしょ。どうせ、税金対策のための店だったしね」東尾は自虐的に笑い、吾輩を見た。「金は払わないけどいいっしょ？　復讐は成功しなかったわけだし」

東尾が帰った後も、吾輩は、煤《すす》だらけで、しかも消防車の放水でビショビショになった店内に立ち竦《すく》んでいた。

聖矢さんは、意識不明の重体だった。医者の話によると、助かる確率より助からない確率の方が遥かに高く、たとえ助かったとしても、何らかの障害が残る可能性もあるとのことだ。

「タケシのせいじゃないって。気にしなくてもいいよ」雪美嬢が、優しく慰めてくれる。

吾輩が今いるのは、雪美嬢の病室である。首にコルセットを巻き、松葉杖をついた土屋も一緒だ。土屋は首を捻挫《ねんざ》し左足を骨折した。左眉の上にも、痛々しい擦《す》り傷が残っている。

「自分を責めるなよ。俺の怪我も自業自得なんだから」土屋が痛みに堪え、無理に笑顔を作った。

余計に辛い。「お前のせいだ」と、罵倒してくれた方がどれだけ楽だろうか。誰か思いっきり吾輩を殴ってほしい。

「そのレゲエ男は、人の運を操れるの？」雪美嬢が土屋に訊いた。

「操るというよりは、そいつが現れるだけで、勝手に不運な出来事が次々と起きるって感じだな」土屋が答える。

「確かに、わたしのときもそうだった。気がついたら包丁がお腹に刺さってたもん」

店を潰すのに、これほど効果的な方法もないだろう。貧乏神を送り込みさえすれば、店が勝手に破壊されるのだ。犯罪性を立証されることもない。なんせ、ぶっ壊しているのは、周りの人間なのだから。

「まともにやり合って勝てる相手じゃねえな」土屋がいつものように両眉を上げ、痛みに顔をしかめる。

「復讐を諦めるのですか！」吾輩は、病院ということを忘れ、思わず大きな声で訊き返した。

「俺を誰だと思ってんだよ」土屋が笑い飛ばす。「正攻法が無理なら奇襲をかけるしかねえだろ」

土屋が携帯電話を出し、液晶画面を見せた。《ドクロカフェ》のカウンターに座るレゲエ男が写っている。聖矢さんが、睡眠薬入りの水を運ぶ前の瞬間だ。いつの間に撮ったのだろう。

「やるじゃん！　さすが土屋！」と、雪美嬢が感心する。

「弁護士として、当然のことをしたまでだ。黒幕とレゲエ男が繋がったときの証拠になるかもと思ってな」土屋が、携帯電話を吾輩に渡した。「レゲエのイベントで聞き込みをしろ。こいつを知ってる人間がいるかもしれん」

「絶対に見つけ出してよ」雪美嬢が真顔で言った。「たっぷりとお返しするんだから」


まさに、狂乱の宴《うたげ》だ。

吾輩は渋谷のクラブで開催されているレゲエイベントに潜入し、度肝を抜かれた。あちらこちらで、裸族のような格好をした若き女性たちが、何かに取り憑《つ》かれたかのように、腰を振りまくっている。いくら血に飢えた吸血鬼であっても、この光景にはゲップが出そうになる。イベントと聞いて、ホスト時代のスーツを着てきたのだが、完全に場違いなことになってしまった。野球帽を被った、明らかにサイズの大きいシャツを着た連中が吾輩を見て、ニヤニヤと笑っている（全員、野球帽を真っ直ぐに被っていない。何か、暗黙のルールでもあるのだろうか？）。

かりん糖頭も数名いたが、あのレゲエ男ではない。この状況で聞き込みをするのは非常に困難だと思われたが、始めなければ何も進まない。手がかりは、土屋が携帯電話で撮ってくれた写真しかないので、レゲエの爆音が響き渡る中、次々と写真を見せては「この男を知らないか？」と訊ねて回った。音が煩すぎて、まともな会話が成立しない。ナンパと勘違いし、露骨に嫌な顔で、話さえ聞いてくれない女子もいた。しかし、めげてなるものか。聖矢さんも、生死の間で闘っているのだ。こいつを知っている人間が現れるまで訊き続けてやる。

「この人、見たことある」ねばった甲斐《かい》があった。三十人目に訊いた女子が、携帯電話の画面を指し、言った。「ウチの店に、よくレコードを買いにくるよ」


近づけない相手に、どうやって復讐するか。

答えの出ない難問に、吾輩は頭を悩ませていた。それこそ、遠方から麻酔銃でも撃つしか方法がないのではないか？　麻酔銃をどうやって手に入れる？　手にしたところで、射撃の経験のない吾輩が撃っても命中するはずもない。スナイパーを探す？　どうやって？　タウンページに載っているとでもいうのか？

復讐の計画は、袋小路に入り込んでしまった。集中力が続かず、せっかく《明治神宮外苑打撃練習場》に来ているというのに、バッティングを楽しめない。さっきから、小フライやボテボテのゴロの連続だ。

「何をやっとるんだ！　もっとしっかりと球を見んか！　ダルビッシュに失礼だぞ！」バックネットの後ろから神様が怒鳴る。

神様の言う通り、球をしっかりと見ようと目を凝らす。次の球をレゲエ男の顔に見立てて、ぶん殴ってやる。球がきたが力んでしまい、思いっきり空振りをしてしまった。腰を強く捻り、激痛が走る。

「もういい！　残りの球は、全部バントしろ！」

神様は、吾輩の腑甲斐《ふがい》ないスイングにご立腹である。せっかく教えてもらっているのに失礼だとは思うが、どうしてもレゲエ男の顔が頭から離れないのだから仕方がない。

バントを終え、打席を出ると、神様にプイッと無視された。怒りのあまり、アドバイスをする気にもなれないらしい。

「神様〜、試合に負けちゃったよ」

いつもの野球少年たちが、神様の元へと走ってきた。今日も、ユニフォームがドロドロだ。「楽勝の相手のはずだろ。敗因は何だ？」神様が厳しい顔で少年たちを見る。

「俺がエラーしたんだ」一人の少年が、今にも泣きべそをかきそうな顔で言った。

「神様、守備も教えてよ」

「前にも教えたろ。腰を低く落として、体の正面で捕るんだ」

「だって、バウンドが変わったんだ！」

「イレギュラーか。ちゃんと、教えた通り前に出て捕れば防げるだろ」

「だって……石が落ちてて、当たったんだもん」少年がほっぺたを膨らまし、拗ねる。

「嘘をつくな！　グラウンドに石が落ちているはずないだろ！　さてはトンボがけをさぼったな！」

神様が、少年の頭に拳骨を落とした。少年が、火がついたように泣き出す。球が石に当たったのならば、どんな名手でもさばくことはできまい。吾輩はエラーした少年に同情した。

……石？　脳裏に閃光《せんこう》が走った。球が石に当たる様をイメージする。真っ直ぐ転がってくるはずの球が障害物に当たったことにより、あらぬ方向に転がっていく……。閃いた。障害物だ。レゲエ男が起こす不運の連鎖に、障害物を持ち込めばいいのだ。

「ありがとうございました！」

吾輩は、神様と少年に礼をして、打撃練習場を後にした。「一打席だけでいいのか！　もっと振り込まないと大打者になれんぞ！」と、神様の声が聞こえたが、立ち止まらない。

一刻も早く、障害物に会いに行かなくてはならないのだ。

「で、僕がその障害物なんですか？」

藤森が不服そうな顔で、抹茶《まっちゃ》クリーム フラペチーノを啜った。三軒茶屋の《スターバックス》に、藤森を呼び出した。たまたまアルバイトを居眠りでクビになったところらしく、家にいたのだ。

目には目を。歯には歯を。不運には不運をぶつけてやる。竹子の話を聞く限り、藤森も不運界のエリートなのは間違いない。藤森をレゲエ男の近くに連れて行けば、いくら不運の連鎖が起ころうとも、全て藤森が引き受けてくれるはずだ。

「下手すると、僕が死んじゃうじゃないですか」藤森が不服そうな顔で、ダーク モカ チップ フラペチーノを啜る（注文の際、抹茶と比べて、「どっちにしようか悩みますね。スタバなんて、年に一回来れるかどうかわかりませんから」と、長考を始めたので、二つとも買ってあげたのだ）。

「大丈夫。防具をつけてもらうから。それに……」吾輩は、テーブルの上に封筒を置いた。「赤ん坊が生まれたら、色々と出費もかさむでしょう？」封筒の中には、土屋から借りた五十万円が入っている。

藤森が、封筒の中を覗き、鼻を膨らませた。「やってもいいですけど、条件があります」

さらに現金を請求する気ではないだろうな？　土屋に返すのは吾輩なのだ（土屋は、「俺の復讐でもあるんだから、返さなくてもいい」と言ったが、断固拒否した。けじめは吾輩がつける）。

「……どんな条件？　あまり無茶は言ってほしくないんだけど」吾輩は、慎重に訊いた。

「マンゴークリームフラペチーノってやつも飲んでみたいんですよね」藤森が、上目遣いで言った。

決戦の時は来た。

二日間の張り込みの成果が実り、レゲエ男の住処を突き止めたのである。奴は高円《こうえん》寺《じ》の古いアパートに住んでいた。行きつけの中古レコード屋がある雑居ビルで、レゲエ男が現れるのを待ち、尾行した（念のため、かなり距離はとった）。

捕獲するのに最適な場所を見極めるため、しばしレゲエ男の生活を観察した。

レゲエ男は、仕事をしていなかった。毎日、夕方前にアパートから出てきて、何をするわけでもなくブラブラと高円寺の街を彷徨う。中古レコード屋や古本屋を覗き、パチンコを打ち、居酒屋で一人酒をして、アパートに帰る。恋人も友達もいなさそうだ。不思議なのは、レゲエ男がどの店やパチンコに行っても、不運の連鎖が発動しないことだ。雪美嬢が言うように、やはり奴は運をコントロールしているのだろうか？ならば、なぜこんなボロアパートに住んでいる？　運をコントロールできるのならば、すぐにでも金持ちになれそうなものだが、本人は決して裕福な暮らしを送っているようには見えない。

捕獲場所は、レゲエ男のアパート前と決めた。街中で不運の連鎖が始まってしまったら、被害が拡大する一方だからだ。その点、アパートの周りには似たような建物があるだけで、これといった危険物はない。細い路地の奥にあるので車も入ってこれない。麻酔銃は手に入らなかったが、雪美嬢からスタンガンを借りた（キャバクラ時代、護身用にと客からもらったらしい）。レゲエ男がアパートから出てきたところをスタンガンで襲い、気絶させる。部屋に連れて戻ってから、ゆっくりと黒幕の名前を訊き出すという作戦である。

深夜。アパートからレゲエ男が出てきた。こっちの読み通りだ。レゲエ男は、かなりの高確率で、深夜、コンビニか《TSUTAYA》に行く。吾輩は、電柱の陰に身を隠しながら素早く辺りを見渡した。目撃者は誰もいない。襲うなら今だ。

レゲエ男の携帯電話が鳴った。今はまずい。電話の相手に警察を呼ばれてしまう。

「もしもし？　あ、どもども。結局、《ドクロカフェ》はどうなりました？　あ、潰れました？」

レゲエ男が黒幕と話している！　吾輩の心臓が鼓動を速める。

「ギャラ持ってきてくれたんすか？　あざーっす。すんませんね。銀行口座なんか持てる身分じゃないんすよ」

しかも、これから会う気だ。一石二鳥ではないか。今夜で全ての決着がつく。

「駅前ですか？　今から、ちょうどコンビニに行こうと思ってたんすよ。五分で行きまーす」

鼻唄を歌いながら小走りで駅に向かうレゲエ男を、吾輩は気づかれないよう追いかけた。

7

レゲエ男が《高円寺純情商店街》に入った。

商店街を抜けると、高円寺駅の北口エレベーターに出た。さすがにこの時間はどこの店も閉まっている。

突然、レゲエ男がしゃがみ込んだ。何事かと、吾輩も足を止めた。レゲエ男と吾輩の距離は約二十メートル。ここからだとよくは見えないが、どうやら靴紐《くつひも》を結んでいるらしい。

長い。靴紐を結ぶにしては時間がかかりすぎている。一体、何をしているのだ？　もう少し近くに寄って確認したい。吾輩は、忍び足でレゲエ男に近づいた。

もしかして、コンタクトレンズを探しているのか？　レゲエ男は膝をつき、地面に顔をこすりつけるぐらい近づけている。隙だらけだ。今なら、いともたやすくレゲエ男を気絶させることができる。背後から忍び寄って……いや、ダッシュだ。

吾輩は、覚悟を決めて走った。距離は約十メートル、数秒で勝負がつく。吾輩の足音に、レゲエ男が顔を上げた。振り返って目を細める。

かまうものか！　吾輩は獣のように飛びかかり、馬乗りになった。

「てめえ！　何でこんなとこに！」レゲエ男が驚愕の表情を浮かべる。

「血を飲み干してやるって言ったろ！」吾輩はキメ台詞とともに、スタンガンをレゲエ男の首筋に押しつけた。

電流が流れない。スイッチを押せども、押せども、ウンともスンとも言わない。おかしい。バッテリーは十分にあるはずなのに……。

「俺を誰だと思ってんだよ」レゲエ男が、黄色い歯を見せて笑った。「泣く子も黙る貧乏神だぜ」

「お、喧嘩か！」「マウントポジションじゃん！」「ねえ？　止めなくていいの？」

コンパ帰りと思しき男女七人が、吾輩の元へとかけ寄ってきた。

「ほらほら～。人が集まってきたぜ～」レゲエ男が吾輩の下で、得意気にフシュッ、フシュッと生臭い息を漏らす。

マズい。すでに不運の連鎖が始まっている。男女の中には、スケボーやマウンテンバイク、原付きバイクを押している人間までいるではないか。

「ファイッ！」どう見てもお調子者の若者がプロレスのレフェリーの真似をした。仲間たちから笑い声が起こる。さらに調子に乗った若者は、「ブレイク！　ブレイク！」と、吾輩とレゲエ男を引き離そうとする。仲間たちが爆笑した。

スケボーが転がってきた。持ち主は腹を抱えて笑っていて、気づいていない。スケボーは、計ったように、レフェリーの真似をしている若者の足元で止まった。

「ファイッ！　うわっ！」若者がスケボーに片足を乗せてしまい、吾輩の前で派手に転んだ。

「何やってんだ！　てめえ！」マウンテンバイクに乗っていた野球帽の若者が、吠えた。「何、俺の幼稚園からの親友殴ってんだよ！」

野球帽は、ひどく酔っている。マウンテンバイクを放り投げ、殴りかかってきた。吾輩がレフェリーの若者を攻撃したと勘違いしているのだ。

放り投げたマウンテンバイクが、別の野次馬グループを直撃した。

「やってくれんじゃん！」「こっちはいつでも喧嘩上等だぜ！」「ファック・ユー！」

こちらは見るからに、血の気が多そうな旧式ロックンローラーの一団である（全員、革ジャンにリーゼントだ）。ロック一団が、コンパ一団に摑みかかっていく。

今だ！　不運の連鎖を止めてやる！　障害物を置き、意図的にイレギュラーを発生させるのだ。

「藤森！　出てこい！」吾輩は、高円寺の夜空に響き渡る声で言った。

防具に身を包んだ藤森が、商店街に現れた。吾輩の合図まで待機していたのだ。防具というのは、アメリカンフットボールのプロテクターである（吾輩の高校時代のお古だ）。

藤森の登場に、やじ馬たちが乱闘を止めた。吾輩の胸ぐらを摑んでいる野球帽も口をポカンと開けている。

「何……あれ？」「アメフト選手？」「ヤダ、怖い！」

確かに、夜中の商店街には違和感がありすぎる。

「あいつ、何こっち見てんだよ？」「なめた格好でガンくれちゃってるよ」「ファック・ユー！」

藤森には、何もしないでそのまま立っていてくれと指示を出していた。どうも、それがロック一団に挑戦的な態度と取られたらしい。ロック一団は、標的をコンパ一団から藤森に変更した。三人がかりで、藤森に殴りかかる。

「ヤッべぇ！　リンチじゃん！　オレ、警察呼んでくるよ！」

ネルシャツの若者が、原付きバイクに跨《また》がった。ひどく酔っているときに、慌てて乗り物を運転するのは非常に危険である。急にエンジンがかかった原付きバイクは、暴れ馬のごとく、ネルシャツを運転席から振り落とし、ウィリーのまま爆走した。

当然、爆走の先にいるのは藤森だ。ロック一団に袋叩きに遭っているところに、原付きバイクが突っ込んでいき、ボウリングのピンのように、藤森たちを撥ね飛ばす。

「おい、おい、やってくれんじゃん！」「あー、もう、キレちゃったよ、オレ」「ファック・ユー！」

立ち上がったロック一団が、昔のミュージカル映画のように、ポケットから飛び出しナイフを出した。

「ナイフだ！」「逃げろ！」「ちょっと！　待ってよ！」

コンパ一団が、ナイフを見て一目散に逃げ出す。ロック一団が追いかけ、商店街は吾輩とレゲエ男と藤森だけになった（藤森は、ロック一団のパンチと原付きバイクの一撃で気絶している）。

「……どうなってんだ？」予想外の出来事に、レゲエ男が目を瞬《しばたた》かせる。

吾輩は馬乗りの体勢から、ギュッとレゲエ男を抱きしめた。

「おい、おい、男同士でハグかよ。やめろって気持ちわりーだろ」

気持ち悪いのはお互い様だ。吾輩は牙を出し、レゲエ男の首筋に嚙み付いた。

「痛っ！　何嚙んでんだよ！　やめろって！」

レゲエ男が手足をバタつかせて暴れたが、吾輩はおかまいなしに、血を飲みまくった。本来なら男の血など不味くて飲めたものではないが、今日だけは別だ。

「マジで……飲むのかよ……」レゲエ男の全身から力が抜けた。

勝利の美酒は、実に美味だ。

「お前が犯人だったの？　嘘でしょ？」

東尾は、目の前に座る松沼今日子の顔を穴が開くほど見つめていた。南青山にある東尾のオフィスである。想像通り、ペン立てやマウスパッド、デスクライトまで、全ての備品が髑髏の形をしている。

「彼女が黒幕です」退院したばかりの雪美嬢が報告する。「高円寺の駅で貧乏神にギャラを渡そうとしていました」

「俺に何の恨みがあったんだよ……ちゃんと給料も払ってたっしょ？」

東尾が動機を訊ねても、松沼今日子は頑として口を割ろうとはしない。昨夜から一言も口を利いていないのだ。

「玄関のドアに《殺》と書いたのも、首吊り自殺に見せかけたのも、全て自分が疑われないための芝居だったんです」

雪美嬢の説明に、東尾が頭を抱えた。「貧乏神なんて、どこから連れてきたんだよ……」

松沼今日子と東尾の間には何があったのであろうか。店を潰したいと思うほどの恨みが生まれたのだから、よっぽどのことがあったに違いない。

「どうします？　彼女を警察に突き出しますか？」

「突き出したところで、どうにもなんないっしょ？　松沼がやったって立証できないっしょ？」

「まあ、そうですね」雪美嬢が肩を竦める。

東尾が、ふうっと大きく息を吐いた。「後は、俺と松沼の間で話し合いますよ。残りの半額を払うんで、帰ってください」立ち上がり、オフィスの金庫を開けようとする。

「いえ。お金はいりません」雪美嬢が、きっぱりと断った。

「そういうわけにはいかないっしょ？　こっちのお願い通り、犯人を見つけてくれたんだから」

「ギャラは、別のカタチで欲しいんです」雪美嬢が、東尾の手を握った。

「えっ？　握手でいいの？」

雪美嬢が、唐突に、顔を憎しみに歪めた。「な、わけねえだろ！」

東尾の全身が、一瞬で凍りついた。瞬く間に、冷凍された肉の塊のように、真っ白なものに覆われる。

「……えっ……ちょっと……おかしい……っしょ……」かろうじて、東尾が口を開いた。瞼《まぶた》は凍りつき、完全に閉じている。

「何よこれ！　どうなってんの？　トンビちゃんに何したのよ！」松沼今日子が、初めて言葉を発した。

「東尾だからトンビ？」雪美嬢が鼻で笑う。「ずいぶん可愛い呼び名じゃん？　付き合ってんの？」

松沼今日子の顔色が変わった。目を閉じて、諦めた顔でうなだれる。「どうして、わかったのよ……」

「入ってきな！」雪美嬢が、勝ち誇った顔でオフィスのドアに向かって言った。

ドアを開けて、レゲエ男がしょぼくれた顔で入ってきた。かりん糖頭ではなく、坊主頭になっている（雪美嬢が、強制的にバリカンで刈ったのだ）。

松沼今日子の顔が、驚きと怒りで歪む。「アンタ、何ゲロッてんのよ！　秘密にする約束でしょ！」

どれだけ口が堅い人間でも、全身の血を飲み干すぞと脅かし本当に嚙みつけば、絶対に口を割る。

「保険金が目当てだったんでしょ？」雪美嬢が言った。

松沼今日子が、悔しそうに口をへの字にした。

東尾は、愛人の松沼今日子とレゲエ男を使って、店を破壊し、保険金詐欺を目論んでいたのだ。復讐屋の吾輩たちを呼んだのは、自分たちが疑われないように、証人を作るためである。レゲエ男が自分の能力に気づいたのは三年前らしい。「流行ってほしいな」と心の中で思った店が、乱闘が起こって潰れていくのを何度か体験し、自分が不運を招く人間だと確信したのだ（昨夜、吾輩と闘った際は、「《高円寺純情商店街》が流行ってほしい」と願ったそうだ）。レゲエ男は自らを《貧乏神》として売り出し、「あの店を潰してくれ」との依頼を受けていたわけだ。

「何で、こんな犯罪に手を貸したの？」雪美嬢が、松沼今日子を問いただす。

「だって……協力してくれたら、奥さんと別れて結婚してくれるって、トンビちゃ……」

言い訳の途中で、雪美嬢が松沼今日子を全力でビンタした。松沼今日子が椅子から転げ落ちる。その尻をおまけだとばかりに、雪美嬢が蹴り上げた。レゲエ男が雪美嬢のド迫力に首を竦めた。

「あー。すっきり」雪美嬢が両手を鳴らす。「早く救急車呼んだら？　今ならトンビちゃん、助かるかもよ」

東尾は、髑髏だらけのオフィスの真ん中で、かき氷でできた人形のように突っ立っている。急がなければ凍死してしまうだろう。救急車を呼ぼうと、松沼今日子が慌てて携帯電話を出した。

「あとは、よろしくね」雪美嬢がレゲエ男の肩を叩いた。

「は、はい！　喜んで！」レゲエ男が、体をビクリと震わせた。「このオフィスに仕事が殺到してほしいと念じます！」

「タケシ、行くよ」颯爽とオフィスを後にする雪美嬢に続いて、吾輩も表に出た。

「どうして圏外なのよ！」松沼今日子の声が、ドア越しに聞こえた。不運の連鎖が始まったようだ。

東尾のオフィスは、三階建てのビルの最上階にあった。エレベーターはなく、急な階段しかない。

「手すりをつけてないね」雪美嬢が、一階から階段を見上げる。

この高さだ。レゲエ男は、軽い怪我では済まないだろう。レゲエ男が一仕事終えて帰るとき、足を滑らせるよう、雪美嬢がその階段を凍らす。

「おしゃれって危ないいね」雪美嬢が、さわやかに微笑んだ。

この女だけは、敵に回したくない。

8

聖矢さんが意識を取り戻した。

「一生、車椅子の生活を送ることになります」医者が冷たく言い放った。

「何、おめえが、暗い顔してんだよ。ベコベコにすっぞ？」と、聖矢さんは優しく強がった。


「寄ってく？　冷蔵庫の残り物でも良かったら、何か作ってあげるよ」

病院の帰り道、雪美嬢から部屋に誘われた。正直、有難かった。今宵は、一人寂しく代官山の事務所でカップラーメンを啜りたくない。

雪美嬢の部屋には、必要最低限なもの以外、何もなかった。冷蔵庫とベッド、ローテーブルに、ノートパソコンだけ。テレビもない。

「引っ越してきたばっかだから、何もないんだよね」雪美嬢は言い訳がましく言って、冷蔵庫のドアを開けた。「ごめん、何も入ってないわ」

吾輩たちは、深夜営業をしているスーパーに、買い物に行くことにした。スーパーまでの道すがら、雪美嬢はポツポツと自分の過去を語りはじめた。

「わたしがまだキャバ嬢の頃、ユカリって女の子がいてさ……」

雪美嬢は、話し出したものの思い出したくないのか、唇を噛んで沈黙した。

しばらく待って、吾輩は訊いた。「その子が、どうしたんですか？」

すると、覚悟を決めたように、静かに息を吐き、答える。

「自殺したんだよね」

松沼今日子の嘘自殺を目撃したとき、「タケシ！　止めて！」と、必死な声で叫んだ雪美嬢を思い出した。

「ユカリは、グラビアアイドルを目指してたんだ。事務所がショボくて、全然お金がないから、内緒でキャバクラで働いてたの。わたし、アイドルになりたい子なんかと気が合うようなキャラじゃないし、別にユカリと親友とかではなかったんだけどさ」

「……自殺の原因は何ですか？」

「全然、芽が出ないから脱いで、それでも全く売れないからＡＶに出て、また売れなくて、ＳＭとかスカトロとか変な作品ばっか出て、クスリやって頭おかしくなったの」雪美嬢が、口を窄《すぼ》める。「で、自殺。笑っちゃうでしょ？」

吾輩は笑えなかった。一人の人間が落ちぶれていく様は、赤の他人でも切なくなる。

雪美嬢は背中の後ろで手を組み、トボトボ歩きながら続けた。「ユカリは自殺する三十分前に、わたしに電話をかけてきたの」

「話をしたんですか？」

雪美嬢は、首を横に振った。「わたし、電話に出なかった。ユカリがキャバ嬢を辞めて一年以上経ってたし。急にかけてこられても、話すことないし」

雪美嬢が足を止め、吾輩を見た。「それで、復讐屋を始めたってわけ」

「……死んだユカリさんのためですか？」

「違うよ。自分のため。ユカリが死ぬ前、わたしに何を言いたかったのかはわかんないけど、下手すりゃ、一生を台無しにするほどのトラウマを抱えるとこじゃない？『もしかするとユカリは、わたしに助けてほしかったんじゃないか』とか思ったらさ。助けることができたのはわたしだけだったのかも。わたしが殺したのかもって」

「まあ……そうですね」

「でも、誰かの不幸が自分に回ってくるなんて、まっぴらゴメンよ。だから、不幸な人を手助けする仕事をしたいと思ったのよ。不幸だらけの世の中だから、わたしが、不幸をガンガン回してやるの。自殺するぐらいなら、復讐しようってノリにしたいのよ」

「……復讐で人が幸せになれるんですか？」

「復讐するしか不幸から逃げられないのよ」

雪美嬢が、再びスーパーへと歩き出した。

「こんな日は、鍋だね」スーパーに到着した雪美嬢は、豚肉、白菜、水菜、椎茸《しいたけ》と、次々にカゴに放り込み言った。「タケシ、ボーッとしてないで、豆腐を持ってきてよね」

その夜、吾輩は雪美嬢の部屋に泊まった。

一つのベッドに、ともに寝ることになった。雪美嬢は薄い桃色のパジャマ、吾輩はTシャツ一枚にトランクス一枚である。

「吸血鬼って、セックスしたくならないの？」

部屋の灯りを消した暗闇の中、雪美嬢が訊いてきた。

「……もしかして欲情しているのですか？」

雪美嬢の平手が、吾輩の頬を直撃する。「バッカじゃない！　ポルノ小説じゃないんだから！　興味本位で訊いてんの」

「性欲はありません。なので、人間との性行為は経験ないんです」

「げっ。じゃあ、童貞なんだ」

「そういうことになりますね」

「ふーん」雪美嬢が、トランクスの上から吾輩の股間をまさぐる。

「あの……ちょっと……何を？」

「実験よ、実験」

当然の結果、吾輩の股間は何の反応も示さなかった。

「本当だね。全然大きくなんないや」雪美嬢が、諦める。

「すいません……期待に沿えなくて」

再び雪美嬢の平手が、吾輩の頬を襲う。「だから！　実験だって言ってんでしょ！

もう寝るよ！」

眠れなかった。聖矢さんの動かなくなった足のことを考えてしまい、胸が締めつけられるように重くなる。聖矢さんが歩けなくなったのは、吾輩のせいなのだ。

と、そのとき、「血を飲みたい？　わたしの」

ふいに、雪美嬢が耳元で囁《ささや》いた。喉の奥が、真っ赤に焼けた串を刺されたように熱くなる。喉が渇いて、居ても立ってもいられなくなり、口の中に大量の唾が湧いた。

「おっ。喉が鳴ったぞ」雪美嬢の声が弾む。

「からかうのはやめてください」吾輩は、シーツの中で体を反転させ、雪美嬢に背中を向けた。

「いいよ。飲んでも」

「えっ⁉」吾輩は、さっきとは逆方向に体を反転させ、雪美嬢と向き合った。「本気で言ってるのですか？」

「うん。でも首はやめてよ。跡が残るの嫌だから」

「では……どこにしましょう？」

「なるべく痛くないとこがいいんだけど」

協議の結果、肘《ひじ》の部分の余った肉に噛み付くことにした（ここには神経が他のところより少なく、痛みを感じないとの雪美嬢の豆知識を尊重した）。

「はい。召し上がれ」雪美嬢がベッドの上に身を起こしてパジャマの袖をまくり、肘を差し出した。

「いただきます」

暗闇の中、吾輩は雪美嬢の肘にかぶりついた。腹を空かせた赤子が、母の乳房に吸いつくかのように、一心不乱に飲んだ。肘は首すじほど血が出ない。それでも美味しかった。

雪女らしく冷たい血だった。喉を通り抜ける度に、吾輩の眼球の奥で、小さい花火が何度も爆発する。喉の奥から全身に、途方もない快感が一気に広がり、吾輩の体は大きくビクンと脈打った。

「クラクラするよ」雪美嬢の頭がふらつく。しまった。久しぶりのご馳走に、我を忘れて飲みすぎた。

「大変、おいしゅうございました」

吾輩は雪美嬢の肩を抱き、そっとベッドの上に寝かしつけた。

「元気、出た？」

「はい。ありがとうございました」

「わたしの血って、どんな味？」

長年、吸血鬼をやっているが、そんな質問を受けたことがない。一つ言い方を間違えると、傷つけてしまうかもしれない。ここは、慎重に答えねば。

長考の末、「天下一品の味でした」と答えたが、返事がない。耳を澄ますと、隣から雪美嬢の小さな寝息が聞こえてきた。


もう当分、お会いできないだろうと思い、吾輩は《明治神宮外苑打撃練習場》に神様を訪ねた。

朝一番。他に客の姿はなく、神様は相変わらず新聞を読んでいた。

「お世話になりました。また機会があれば、ご教授のほどお願いします」

深々と礼をして帰ろうとすると、神様に「いいものをやるからちょっと待て」と呼び止められた。

神様は、《会員証》と書かれたカードを吾輩に握らせた。裏を見ると《銀座バッティングセンター》とある。

「銀座に行くときは寄ってくれ。わしは、もう行くことはないだろうからな」

「銀座にバッティングセンターがあるんですか？」

すっかり、バッティングが趣味になった吾輩は、よくインターネットで都内のバッティングセンターの情報を調べるのだが、銀座にあるなんて聞いたこともない。

「世間的にはないことになっとるがの。秘密の会員制バッティングセンターなんだよ」

「そんなのがあるのですか？」

「政治家や著名人が、街のバッティングセンターに来るわけにはいかんだろう。彼らだって人間だ。イライラが溜まれば、かっ飛ばして憂《う》さ晴らしをしたいんだ」

夢のようなバッティングセンターではないか。ぜひとも行ってみたいものだ。

「銀座のどこにあるのですか？」

「すまん。忘れてしもうた。最後に行ったのが、ずいぶんと昔のことじゃったもんで」

カードには、住所や電話番号の類《たぐい》は書いてない。どうやら、自分の足で探すしかないようだ。

「そのカードを見せれば誰でも入店できるからな。返さんでもええ。お前にやるよ」

「こんな貴重なものをいいんですか？」

神様は、ウンウンと頷き、意味深な言葉を吾輩に投げかけた。

「そこで、本当の自分を見つけて来い」


本当の自分とは何か？

吸血鬼であることに何の疑問もない。ただ、新宿で雪美嬢と出会ってから、価値観や人間を見る目が大きく変わってしまったのは事実だ。もしかすると、人間が幸せを求めて生きているように、吾輩も吸血鬼としての幸せを潜在意識の中で求めているのだろうか？

今夜、一つの答えが出るかもしれない。

吾輩は真夜中の街をひたすら歩き、代々木公園にたどり着いた。柵を乗り越え、木が生い茂る方へと入っていく。

ずっとつけられているのには気づいていた。吾輩は、誰もいない木々の中で足を止め、後ろを振り返った。曇った空に月はない。公園内は、程よい闇に包まれている。

「ええ顔してるやん。今日でケリをつける気やね」板東英子が言った。相変わらず大阪の中年女性に好まれる派手な色のジャージを着て立っている。「この間は、渋谷でお世話になりました。惜しかったね。もう少しでウチのこと殺せたのに」いつもの十字架型の短剣を抜く。

吾輩が訊いた。「教えてくれ。誰がお前の雇い主なんだ？　誰の命令で、吾輩を狙っているんだ？」

板東英子が答える。「いずれわかることやし、心配せんでもええがな」

いずれわかる？　どういう意味だ？　今から、どちらかが死ぬまで戦うのだ。吾輩が死んだらわかるも何もないではないか。

吾輩はポケットの中に手を入れ、スタンガンのスイッチに指を置いた。板東英子を引きつけ、電流で動きを鈍らして、勝機を見出してやる。

「ウチのこと覚えてへんの？　それとも、ウチの顔を見ずに吸血鬼になったん？」

板東英子が、さらに意味不明な発言を続けた。吾輩を混乱させる作戦なのか？

「誰なんだ！　吾輩を狙っているのは！」恐怖を抑えて叫んだ。全身のあらゆる毛穴から汗が滲み出す。

「アンタのようく知ってる人やんか」

板東英子がニタリと笑い、短剣で自分の首を切りつけた。大量の血しぶきが傷口から噴き出す。

何が起きた？　なぜ、自殺した？　理解の範疇《はんちゆう》を遥かに超えている。吾輩の頭の中は真っ白になり、無意識に地面に倒れた板東英子の元に駆け寄った。

「……早く、本当の自分を見つけや」

偶然の一致にしては、できすぎている。板東英子は、神様と同じ言葉を最後に、吾輩の腕の中で絶命した。

第四話　銀座バッティングセンター

1

吾輩は運転手である。

先に言っておくが、ワンパターンである。聖矢さんに聞かれようものならば、「おめえ、いい加減にしねえと、車椅子で轢き殺しちゃうぞ」と、右手のギプスで吾輩の頭をベコベコにするだろう（実際、見舞いのときに二回やられた）。聖矢さんは、元気だ。病院中の看護師たちは皆、聖矢さんに夢中で、「退院したらドンペリ開けまくりだべ？」と、鼻息が荒い。聖矢さんは、車椅子でもホストを続ける気でいた。

なぜ、吾輩がペーパードライバーにもかかわらず、他人の運転手などという、誇り高き吸血鬼からすればありえない仕事に身をやつしているのか。

毎度おなじみ、復讐の依頼である。依頼人名は、荒木温子《あらきあつこ》。ベストセラー作家・荒木昇太《しょうた》の一人娘である。

雪美嬢は、「わたし荒木先生の大ファン！　ほとんどの作品読んでるよ！」と、大いにはしゃぎ、依頼内容を聞く前に引き受けそうな勢いだった。

テンションが上がりっぱなしの雪美嬢には申し訳ないが、吾輩は今、悩んでいる。ベストセラー作家を車で運んでいる場合ではないのだ。吸血鬼にとっての幸せは何か？　本当の自分とは何か？　板東英子はなぜ、自ら命を絶ったのか？　考えることが山ほどあり、眠れない日々が続いてすっかり睡眠不足なのである。

吾輩は、復讐屋であり、ベストセラー作家の運転手であり、悩める吸血鬼だ。


「間違いありません。父は母を殺したんです」

今回の依頼人、荒木温子は、吾輩たちと会うなり物騒な発言をした。温子は十八歳。高校三年生である。黒くて長い髪に、子猫のように愛嬌《あいきょう》のあるクリクリとした瞳で吾輩を見る。セーラー服に紺色のハイソックス。今時の女子高生にしたら、ミニスカートも控えめな短さだ。

「お母さんがお亡くなりになったのはいつ頃なの？」雪美嬢が、温子に紅茶を出しながら訊いた。若い温子と比べると、雪美嬢も大人の女に見える。

打ち合わせ場所は代官山の事務所である。ようやく荷物が片付き、依頼人を呼んでも恥ずかしくない状態になったのだ（といっても、ソファとテーブルしかなく、かなり殺風景なのだが）。

「十五年前です」温子はソファにちょこんと腰掛け、紅茶が冷めるのを待った。「猫舌なんです」

「ということは、温子ちゃんは、まだ三歳だったってことよね？」

「はい。母の記憶はうっすらとしかありません」温子は、紅茶を飲もうとしてやめた。「すいません。本当、猫舌なんで」

「お母さんの死因は？」

「事故です。酔っ払って、駅のホームから線路に落ちちゃって……」

温子は俯《うつむ》き、涙をこらえた。記憶がないだけ、余計に辛いだろう。心の中で、母親像が美化されてしまっているのではなかろうか。

「お母さんも……猫舌だったそうです」温子の目から、ポロポロと涙が零れ落ちた。泣きながら、無性に紅茶を飲もうとして、「アチッ」と舌を出し、やめた。

雪美嬢が困った顔で吾輩を見る。どうも彼女は、自分より年下の女の子の扱いが苦手なようだ。

「なぜ、お父さんが犯人だと思われるんですか？」吾輩が助け船を出し、温子に質問した。

「だって……お母さんは、高知県出身でお酒がめちゃくちゃ強かったんです。お母さんの兄弟や従兄弟《いとこ》に聞いても、酔っ払ったところを見たことないって……」

「お母さんのお仕事は？」と、雪美嬢。

「銀座のホステスでした。父が作家として売れるまで家計を支えていたそうです」

銀座？　吾輩の胸が高鳴る。銀座に行けるのならば、この仕事は喜んで引き受けたい。神様から貰った《銀座バッティングセンター》の会員証は、大切に財布の中に入れている。

「銀座のホステスか……そりゃ、お酒は強いはずよね」雪美嬢が納得する。

「父が、母を殺した証拠を見つけてください」

「見つかったら、どうします？」吾輩が訊いた。

「復讐をお願いします。父の作家人生を終わらせてください」

温子は、だいぶ温くなった紅茶に口をつけ、美味しそうに頷いた。

「最近、専属だった運転手が辞めたんです」と、温子。

「じゃあ、タケシが運転手になって荒木に近づけばいいのね」と、雪美嬢。

「父に紹介します。私の友達だって言えば、すぐ雇ってもらえると思います」と、再び温子。

「ラッキー。さっそく荒木にお願いしてみて」と、再び雪美嬢。

吾輩の意見など入る余地もなく、女二人でサクサクと決定した。ペーパードライバーだから危ないですよと忠告したが、「事故ったら事故ったで復讐になるからオッケーです」と、温子にあっさりと言われてしまった。

吾輩が車の免許を取得したのは、言わずもがな、モテるためである。美女を捕獲し、血を頂戴するためである。雑誌に、《女にモテたければ、ドライブでレインボーブリッジを渡れ！》と書いてあったので鵜《う》呑《の》みにしたのだ（何人かの女性を、「レインボーブリッジを渡りませんか」と誘ってはみたが、笑われるだけだった）。

それにしても、なぜ、教習所の教官たちの態度はあんなにも尊大なのだろうか？自分が神だとでも思っているのか？　吾輩は島根県の合宿教習で取得したのだが、相部屋のヤンキーたちは（残念ながら、吾輩以外は全員ヤンキーもしくは、ヤンキー未満であった）、一番偉ぶっていた教官を「シメる」だの「ぶっ殺す」だのと毎晩騒いでいた。結局は、「まず、この部屋の頭を決めようぜ」ということになり、タイマン合戦が始まり、ヤンキーたちは強制送還された。

あれ以来、運転どころかハンドルさえも触っていない。非常に不安である。

何の問題もなく、すんなりと荒木の運転手になれた。

「小説家になりたいんだってね。頑張れよ」

荒木は、予想に反して温和な男だった。年齢は五十歳だが、健康的に日焼けをし、スポーツジムとマラソンで鍛えた体は全く老いを感じさせない。三十代の後半と言っても通用するぐらいの若々しさだった。タレ目で、いつ何時も笑顔を絶やさず、温子の言う「妻殺し」にはとても見えなかった。

「タケシ君って言ったっけ？　ハンサムだよね〜。誰かに似てるって言われない？」

荒木がＢＭＷの後部座席から声をかけてきた。

「は、はい。たまに言われることもなきにしもあらずです」

「そうだろうな〜。若いっていいよな〜。彼女はいるの？」

「いませんね」正直、今は話しかけてほしくない。ハンドルが逆で、非常に運転がしづらいのだ。さっきも、おばあちゃんを二人ほど轢きそうになった。

「その顔でいないの？　嘘でしょ？　もしかして、タケシ君ってゲイ？」

ゲイではない。吸血鬼だ。頼むから運転に集中させてほしい。小説家がこんなにおしゃべりだとは思わなかった。

「もしかして……温子と付き合ってるのか？　だから、言えないんだろ！」荒木が急に大声を出す。

「付き合ってませんよ！」必死で弁明した矢先、またおばあちゃんがフラフラと道路に出てきた。間一髪で躱《かわ》すも危なかった。それにしても、この道はおばあちゃんが多すぎる。

「嘘、嘘、びっくりした？　温子の彼氏は、同じ学校の男だよ。まだ会ったこともないけどね」

何だ、この男は？　ベストセラー作家なんだから、もう少し威厳というものを持ってほしい。ムスッとして気難しい強面の人物を想像していただけに見事裏切られた。

「タケシ君も気にせず、どんどんしゃべってよ。僕、普段パソコンに向かって一人で仕事しているから、とにかく孤独なんだよね。その反動で、しゃべりまくるから覚悟していてね」

なるほど。前任の運転手が辞めた理由がわかった。

荒木昇太は、超売れっ子のホラー作家である。

荒木が、自己紹介がてら自分の作家人生をＢＭＷの後部座席で一時間半も語ったので、ファンでもないのにウィキペディアに書き込みができるほど、詳しくなってしまった。

荒木曰く、今の地位を勝ち取るまでは決して平坦な道程ではなかったらしい。純文学でキャリアをスタートさせたものの鳴かず飛ばずで、無名の期間が長く続いた。銀座のホステスをしていた妻の志保《しほ》が家計を支えていた。

志保が妊娠し、温子をみごもる。このままではいかんと心機一転、ホラー作家に転身した。なぜなら、その時代は、映画も小説もホラーが流行っていたからである。

それまでの荒木は、ホラーというジャンルを小馬鹿にしていた。アイスホッケーのマスクをかぶった大男が、キャンプ場でＨなことをしている若者を殺しまくったり、髪の長い女がテレビ画面から飛び出てきたりする度に、爆笑していた（「タケシ君もそう思わない？　ホラーってギャグだよね？」と何度も同意を求められた）。物語に必要なのはリアリティーだ。だが、最近の読者は、登場人物の苦悩や葛藤《かっとう》に用はない……。

荒木は腹をくくった。文学史に残るような名作を書くのは諦めよう、と。楽しんで読んでもらえるなら、喜んで、登場人物の頭に斧《おの》を落としたり、首を吹っ飛ばしてやろうじゃないか、と。

するとどうだ。ホラー作家としての一作目、『悪魔のエスカレーター』は、ドラマ化され、映画化され、瞬く間にベストセラーになった。単行本が大型書店に平積みにされているのを夫婦で見に行って、妻の志保は涙ぐんだが、荒木は首を捻った。

……おいおい、人喰いエスカレーターの話だぞ。読者は何を求めているのか、さっぱりわからない。書店員が書いたポップには、《ホラー界の新星！　荒木昇太は、和製スティーヴン・キングだ！》とあった。キング師匠に見られたら、舐めてんじゃねえぞと、ぶっ飛ばされる。

「嬉しいというより、気恥ずかしい気持ちが勝ったね。いつもの半分の力加減で書いたものなのに、五十万部も売れちゃったから、パニックになっちゃったよ」と、荒木は目を細めて語った（吾輩も、飛び出してきたおばあちゃんを急ブレーキで轢かずに済み、ほっとして目を細めた）。

そこから、荒木の人生が逆転した。出す作品の全てがヒットすることとなる。主婦が、ゾンビ化した姑《しゅうとめ》と対決する『悪魔の二世帯住宅』然《しか》り、狂暴化した大型犬の恐怖を描いた『悪魔のラブラドール』然り、通り抜けた人間を殺人鬼に変身させてしまう『悪魔の改札』然り。

「生活レベルも跳ね上がったよ。志保はホステスを辞め、ヨガを習った。杉並区の狭いアパートから、田園調布のガレージ付きの一戸建てに引っ越した。温子も生まれ、幸せの絶頂にいたはずなのに……」

吾輩は、バックミラーで、荒木の顔をチラリと確認した。志保との結婚生活を思い出したのか、滝のような涙を流している。とても殺人者には見えない。

「奥さんが、お亡くなりになったんですよね？」吾輩は荒木の反応を確かめるため、質問した。

「そうなんだ。温子から聞いたのか？」

「はい。駅のホームから落ちたと……」もう一度、バックミラーで荒木を見る。表情に変化はない。妻に先立たれた可哀想な夫のままだ。

「クリスマスの夜でね。僕も志保もシャンパンを飲みすぎたんだ……僕は、駅のホームで眠ってしまって、志保が線路に落ちたことに気づかなかったんだよ……最低の夫なんだよ」と、さらに泣き出す。

荒木も、ホームに居た？

吾輩は、ざわざわと胸騒ぎを覚えた。

2

「何だと？　銀座の一流クラブで飲みたいだあ？」

　山手線の有楽町駅を出たところで、土屋が両眉を上げて怒った。

「この姿でクラブに行けってか？」土屋は首のコルセットをポンと叩いた。競輪選手が使うような自転車で電柱に激突した土屋の傷は、まだ癒《い》えていない。

「銀座でご飯が食べたいっていうから、どうもおかしいなぁ〜と思ってたんだよ」土屋は、痛々しく松葉杖をつき言った。

　お目当ての店は、《CLUB　すみれ》。老舗の高級クラブだ。すみれママという銀座でも指折りの名物ママがオーナーで、志保も二十一年前から温子が生まれるまでの三年間勤めていた。

「タケシよぉ、いくら俺でもそう簡単に銀座で飲める身分じゃねえぞ」土屋が珍しく尻込みをする。

「銀座で遊んだことないんですか？」

「ないことはないけどよお……」と、口をモゴモゴさせる。

おかしい。土屋ほどの収入ならば、銀座で遊ぶぐらいわけないはずだ。何か行きたくない他の理由でもあるのだろうか。

「とりあえず、今日はお好み焼きで勘弁してくれよ」

「お、お好み焼きですか？」

土屋ともあろう者が、お好み焼きとはケチ臭いにも程がある。高級クラブの何分の一の支払いだ。せっかく、土屋の財布で、《CLUB　すみれ》に行き、志保の聞き込みをしたかったのに……。完全に当てが外れてしまった。

「銀座のホステスに人気の店があるんだよ」

「お好み焼き屋さんで？」

「そう。あいつら、アフターで、寿司とか鉄板焼きとかいいものばっかり食べてるから、自分で店に行くときは、庶民的な食べ物を好むんだ」

嫌がっている割には、やけに銀座のホステス事情に詳しいではないか。それにしても、ホステスの溜まり場ならば、何か有益な情報が聞けるかもしれない。

「じゃあ、お好み焼き屋でいいです。連れて行ってください」

土屋が、しげしげと吾輩を見た。「お前もずいぶんと偉くなったもんだなぁ」

なぜ人間は、お好み焼きなどという正体不明な物体を食すのか？

全くもって理解できない（特に一部の地方出身の人間は熱狂的に支持している。お好み焼きと白米という信じがたい組み合わせを喜ぶ酔狂な連中だ）。グチャグチャに混ぜ合わせた小麦粉と具材を鉄板の上に広げる。まず、これで食べる気が失せる。見るからに、ゲロそのものではないか。中には、チーズや餅などをトッピングする愚か者まで出てくる始末だ。せめて、豚玉一本に絞ってほしい。モダン焼きというシステムも解せない。せっかくいい具合に焼けたそばを、お好み焼きの下敷きにするなんて……。最初に見たときは何かの冗談であってくれと神に祈ったものだ。お好み焼きの下に張りついたそばは、パリッとした食感になり、サクッとしたお好み焼きの食感とのコントラストに、キャベツの甘みと焦げたソースの香りが渾然《こんぜん》一体となって、実に不味い。コテで熱々のまま食べるのも、歯に青のりがくっつくのも許せない。

有楽橋から、高速道路を潜り、数寄屋橋方面へと歩く。歌舞伎町と違い、水商売風の女性陣のグレードが明らかに高い。リーゼントかと思えるほど盛った髪をして、和服でしゃなりしゃなりと歩くご婦人もいる。もちろん、キャッチをしているホストなんて一人もいない。

土屋のお勧めのお好み焼き屋に着いた。

なるほど、仕事終わりのホステスたちがたむろしている。吾輩たちは、目の前に鉄板のあるカウンター席に案内された。

「ここは、関西出身のお笑い芸人《タイフーン花巻》がプロデュースをして、若い女の子に人気なんだ」と、土屋が聞いたこともない芸能人の名前を言った。「知らないのか？　『タイフーン』って指をくるくる回すギャグの。今、人気絶頂なのに」

「知りません」吸血鬼の人生に、お笑いは必要ない。

土屋は《タイフーンスペシャル》、吾輩は《シンプルな豚玉》を注文した。メニューには、タイフーン花巻と思しき人物が、指を立てて写っている。よく見ると、店の壁には芸能人のサインや写真がずらりと貼られていた。

「トッピングはいいですかぁ？」頭にタオルを巻いたピアスの店員が、ぞんざいな口調でオーダーを取った。「《シンプルな豚玉》は、豚肉しか入ってませんがよろしいですかぁ？」

何だろう、この店員は？　トッピングがいらないからシンプルなものを注文したのに、余計なお世話というものだ。

「ネギだけでものっけたらどうだ？」土屋がアドバイスをくれた。「京都の九条葱《くじょうねぎ》だってよ。美味そうじゃないか」

った。


「では、そうします……」吾輩は、素直に従った。失敗した。初心を貫くべきだった。吾輩の前にやってきたのは、驚くべき代物であった。

「豚玉ネギのせ、お待たせしました！」

店員が皿にのったお好み焼きを置いた。鉄板があるにもかかわらず、なぜ、わざわざ皿にのせて出すのだろう。その旨を、店員に訊いてみた。

「鉄板を掃除するのが面倒臭いからです！」と、元気のいい答えが返ってきた。

しかも、皿は冷たい。お好み焼きの命というべき熱さが、みるみる失われていく。そして、ネギが追い打ちをかけて酷い。水洗いした水が、しっかりと切れていないのだ。ビチョビチョのネギと、冷たい皿に挟まれたお好み焼きの運命を想像してほしい。

「こっちもスゲェな……」土屋が、自分の皿を見て呟いた。

《タイフーンスペシャル》は、破壊的なフォルムと、カーニバル的な混乱とを合体させた世紀末的なお好み焼きであった。具材は牛すじ、豚、イカ、エビ、キムチ、ネギ、その上に渦を巻いたうどんが一玉、うどんの上に、渦巻き模様の鳴門巻《なるとま》きが一切れちょこんとのせてある（これで、タイフーンとやらを表現しているつもりだろうか）。とにかく、食べる前から、食べる者の戦意を喪失させる迫力だ。

切り換えよう。お好み焼きのことはどうでもいい。

「いつもの奴、お願いします」吾輩は、土屋に催眠術をお願いした。

「人使いが荒いなぁ。こっちは、病人だぞ」土屋は、ブツブツ言いながらも、隣に座っていたホステス二人組に声をかけた。「お姉さんたち、この指を見てくれる？」


土屋のおかげで、有益な情報が引き出せた。

すみれママ、行きつけのバーがわかったのである。銀座の外れの地下にあり、すみれママは決してそのバーに客とは行かず、一人でお酒を飲むらしい。銀座のママという重労働に疲れきったときの、憩いのオアシスとして活用しているのだ。

バーの名前は、《アンダー》といった。地下にあるからだろうか？　何の捻りもない名前である。

「いいバーじゃねえか」

店に入る前に、土屋が感嘆の声を漏らした。暗い路地裏に煉瓦《れんが》造りの古い建物があり、《UNDER》とアルファベットのネオンサインが浮かび上がっている。まるで、古い映画に出てきそうなシチュエーションだ。ドアを開けると階段があり、下の階へと続いている。またドアがあり、そこを開けると、これまた映画に出てきそうなカウンターとマスターが現れた。カウンターは重厚な一枚板でできており、真鍮《しんちゅう》の肘掛けとともに、ゆるやかな曲線を描いている。その曲線に沿いながら、酒棚も湾曲している。店にはテーブル席がなく、十席あまりのカウンターだけだ。どの席に座っても、マスターを正面に見ることができ、さながら一人舞台のステージのようだ。ただ、照明は恐ろしく暗い。吸血鬼の吾輩も不安になるほどだ。

「いらっしゃいませ」初老のマスターが、俳優のような声で言い、軽く頭を下げた。普通の若者なら、この時点で臆して、「失礼しました」と尻尾を巻いて逃げ出すだろう。

客は誰もいない。吾輩たちは、カウンターの中央に案内された。端に座ろうとしたが、「誠にすいませんが、そこは、ある素敵な女性の特等席でございまして……。よろしければこちらの席へどうぞ」と、嫌味のひとかけらもない笑顔で勧められたのだ。マスターの顔は彫りが深く、鼻が高い。白髪まじりの髪は、丁寧にオールバックに撫でつけられている。若い頃はさぞかし男前だったに違いない。

「こういう店に来ると、ドライマティーニが飲みたくなるんだよなあ」と、土屋。

「ジンはいかがなさいましょう？」と、マスター。

「ゴードンで」

「ベルモットは、当店ではノイリー・ブラットを使っていますが」

「結構。ツーダッシュだけ入れてくれ。オリーブは二つで」

「かしこまりました」

この人たちは、一体何の呪文を唱えているのだろう。吾輩は無難に、「同じものを」と注文した。


二時間後、すみれママがやって来た。お好み焼き屋のホステスたちの証言通り、すみれ色の着物を着ている。年は四十代前半。二十歳そこそこで、銀座にクラブを構えただけあり、妖艶《ようえん》な美しさと、凛《りん》とした華やかさを兼ね備えた、ただ者ではないご婦人である。一般人とは、明らかにオーラが違った。場所が場所なら、極道の妻としても十分通用する迫力だった。

「出番ですよ」吾輩は、酒に没頭している土屋を肘で突《つつ》いた。

「ちょっと待て。今、次の一杯を注文するところだから」と、土屋。

「シングルモルトはいかがでしょう」と、マスター。

「いいねえ。なるべくアイリッシュ臭いのがいいなぁ」

「では、ブッシュミルズの21年など」

また呪文が始まった。土屋は、カクテル三杯に、ウイスキー二杯を飲んで、かなりのご機嫌さんである。得意の催眠術も使い物になるかどうか怪しいものだ。

吾輩は、直球勝負に出ることにした。

席を立ち、静かにシェリー酒を飲んでいるすみれママに強引に話しかけた。

「すみれママですよね？」

「お客様」マスターが、窘めようと近づいてきた。

気にせず、吾輩は続けた。「十五年前に亡くなった、志保さんのことを覚えていますか？」

無視を決め込んでいたすみれママの眉毛が、ピクリと反応した。

「こちらのお客様のご迷惑になるので……」

「いいの」すみれママが、マスターの注意を止めた。「知り合いだから」

マスターが一瞬、納得できない表情を見せたが、すぐに引き下がる。「失礼しました。ごゆっくりどうぞ」

「座って」すみれママが、自分の隣の席を指した。吾輩は軽く会釈をして座った。

「どうして、志保ちゃんのこと知ってるの？」

少し擦《かす》れてはいるものの、甘い声だ。うなじの美しさも尋常じゃない。日本の美、ここに極まれりといった感じだ。吾輩は、嚙みつきたい欲望を必死で抑え込んだ。

「娘の温子さんに、志保さんの死の真相を調べてほしいと依頼されたんです」

「アナタ、探偵さん？」すみれママが、初めて吾輩を見た。切れ長の瞳に、思わず吸い込まれそうになる。

「の、ようなものです」さすがに復讐屋とは言えないだろう。

「私からもお願いするわ。徹底的に調べて。志保ちゃんは、夫の荒木貢に殺されたのよ」

3

「《銀座バッティングセンター》？　聞いたことないわね」

すみれママが、《銀座バッティングセンター　会員証》のカードを見ながら首を捻る。

「銀座で商売やって二十年以上になるけど……銀座にそんなものないわよね。マスター知ってる？」

すみれママの問いに、マスターも首を捻る。

「私よりも十年先輩のマスターが知らないんだから、ないわよ。もしくは、そのお爺ちゃんがボケちゃってるのかも」

すみれママが、カードを吾輩に返した。確かに、神様は、ボケ老人ととられても仕方のない言動が多々あったが、いくら何でもこんな精巧なものまでは作らないだろう。バッティングの技術は素晴らしかったが、カードを作る技術まであるとは思えない。

「もしかしたら、バッティングセンターじゃなくて、別のお店かもな。Hな店だったりして。ケツバット専門のSMクラブだったらどうする？」いつもはダンディな土屋が、珍しく酔っている。どこぞのスナックの親父みたいに、自分の下ネタに手を叩いて大笑いした（マスターの巧みな話術に乗せられ、ウイスキーだけでも十杯以上は飲んでいるのだ。酔っ払うのも致し方ない）。

「あの人、本当に弁護士なの？」すみれママが、吾輩の耳元で囁いた。何とも言えない甘い匂いが鼻腔をくすぐり、全身の産毛が総立ちになる。魔性の女とは、こういうご婦人のことを言うのであろうか。ああ、今すぐ嚙みつきたい。

「でも、ロマンティックな話ではありませんか」マスターが、グラスを磨きながら言った。「銀座の地下には、ウチのようないろんな店や駐車場が沢山あります。きっと、そのうちの一つがバッティングセンターになっているんですよ」

「さすが、マスター」すみれママが感心してグラスを上げる。何がさすがなのか、さっぱりわからない。

「今度、ウチのお店にいらっしゃい」すみれママが、吾輩に店の名刺を渡してきた。「昔、志保ちゃんのお客さんだった人を紹介するわ」ウインクをして、「弁護士の先生も連れて来てね」と言って帰って行った。あのウインクに何人の男が骨抜きにされたことだろう。もしかすると、二桁の数字では済まないのではないか。

三十分後、会計をしようと財布を出した土屋に、マスターが言った。

「お代は、すみれママから頂いております」

「えっ……」土屋の酔いが、一瞬で醒める。

なるほど、先ほどのウインクは、吾輩にではなく、バーテンダーへの合図だったのだ。これで土屋は、すみれママの店に顔を出さざるをえなくなった。

さすが、銀座の女。したたかである。


「『悪魔の冷蔵庫』ってタイトルどう？」

ＢＭＷの後部座席で、荒木が言った。自宅からスポーツジムへと向かう途中である。毎日の荒木のスケジュールは、朝五時に起床。シャワーを浴びてから、朝六時から昼三時までぶっ続けで書く。そこからジムのプールでひと泳ぎし、遅めの昼食を摂る。吾輩は、昼の二時半に自宅に行けばいいのだ。

「ねえ、ねえ、タケシ君。『悪魔の冷蔵庫』っていまいちかな?」

運転手として、一番困るのが、作品に関する質問だ。荒木のおしゃべりには、いい加減慣れてきたが、小説家本人を前にして素人の本音を言っていいのかどうか悩む。

「悪くはないと思われます……」吾輩は、オブラートに包んで発言した。

「うーん」荒木が頭の後ろで手を組み、体を反らす。吾輩の答えが気に入らないときのサインだ。「やっぱり変か?」

それを言えば、過去の悪魔シリーズの中で、まともなタイトルは一つもないではないか。このやりとりは、乙女が恋愛相談をするときと似ている。「どう思う? どう思う?」と訊いておきながら、反対意見を言ったら言ったで、「えー、でもなー」とむくれてしまう。結局のところは賛同してほしいだけなのだ。

吾輩は少し歩み寄ることにした。

「でも……アバンギャルドな感じもしますね」

バックミラー越しにも荒木の鼻が大きく膨らんだのがわかった。

「そうなんだよね。悪魔と冷蔵庫のギャップを狙ったんだけど……」荒木が、吾輩の次の言葉を待つ。

「はい、効果的だと思われます」

荒木がうんうんと頷き、指をポキポキと鳴らす。嬉しいときのサインだ。

本当にこの男が妻を殺したのだろうか？

観察すればするほど、殺人を犯すような凶悪な男には見えない。人は見かけによらないとはよく言うが、もし犯人だとすれば、一体どんな動機があって妻を線路に落としたのだろう？

「タケシ君は、悪魔シリーズの中で、どのタイトルが一番好き？」荒木が調子づいて、質問を続ける。ここで彼の機嫌を損ねたくはない。

「『悪魔のラブラドール』です」吾輩は、かろうじて覚えているタイトルを答えた。

もちろん、読んでいない（二ページ目の『その黒いラブラドールは、女の生首をくわえ、尻尾をフリフリしていた』のくだりで本を閉じてしまった）。

「何で？　どうして？　ラブラドールのどこがいいの？」

作家とは、こんなにも読者の反応が気になる生き物なのか？　正直な感想を聞きたければ、2ちゃんねるで、《荒木昇太》と検索すればいいものを……（正直すぎて、卒倒してしまう可能性もあるが）。

何と答えようか。アバンギャルドはもう使ってしまったし、クリエイティブは昨日《きのう》使い、アグレッシブは一昨日《おととい》使った。荒木の喜びそうな横文字がネタ切れだ。

「とても……ジャスティスで」

口に出して、〇・五秒後に後悔した。ジャスティスとは何だ？ 発言した本人もさっぱり意味がわからない。

「ジャスティスね。うん、うん」荒木は、嬉しそうに指を鳴らした。

本人が喜んでいるのなら、よしとしよう。


スポーツジムに着いた。

「じゃあ、一時間後ね」荒木は、書きかけの『悪魔の冷蔵庫』の原稿を吾輩に渡し、車を降りた。「率直な感想聞かせてね」

吾輩は、荒木がジムに入るのを見届けてから、雪美嬢に電話をかけた。

「今、荒木がプールに入りました」

『了解』雪美嬢が一言で切る。

これから、雪美嬢と土屋が、荒木の書斎に潜入する。案内は温子だ。妻殺しの証拠がないか、探るためである。娘の温子も、「書斎にはほとんど入ったことがないんだよね。父がいない間は、必ずドアに鍵がかけられているんだもん。絶対、怪しいよ」

と言っていた。十五年前の証拠が、そう簡単に見つかるとは思えないが、試してみる価値はあるだろう。土屋の腕なら、一分以内にピッキングで開けられる。荒木は一時間泳いだあと、もう一時間かけてランチをする。二時間近くあれば、何か小さな手がかりが発見できるかもしれない。

心臓が跳ね上がった。荒木が、ジムの入り口から小走りで戻ってきたのだ。

「どうしました？」吾輩は、運転席の窓を開け、訊いた。マズい。笑顔が引き攣ってしまう。

「僕って馬鹿だよなぁ。タイトルのことばっかり考えてて、海パン忘れちゃった」

一世一代の危機だ。

どうやって、雪美嬢たちに荒木のUターンを伝える？　あと、二十分ほどで自宅に着いてしまう。ハンドルを握る手に汗が滲む。雪美嬢たちは、書斎を漁《あさ》っている真っ最中だろう。

バックミラーで、荒木を確認する。『悪魔の冷蔵庫』の原稿をペラペラと読み出した。今しかない！　吾輩は、片手でハンドルを操作し、もう片手で携帯電話を操作した。運転しながらメールを打つほど危険な行為もないだろう。しかも吾輩は、ペーパードライバーだ。

歩道に、おばあちゃんの集団が見えた。だめだ。このままでは必ず事故を起こしてしまう。赤信号を待つしかない。

こんなときに限って、立て続けに青が出る。快調に自宅へと向かっているではないか。考えろ、考えろ。機転を利かせろ！

「……コンビニに寄らせてもらってもかまいませんか？」吾輩は、なるべく苦しそうに言った。

「ん？　どうして？」荒木が原稿から顔を上げる。

「急に、腹痛が……コンビニのトイレを借りたいんです」

「本当だ。すごい脂汗《あぶらあせ》だな」

実は違う苦しみの汗なのだが、信じてもらえたようだ。

《ファミリーマート》が見えた。トイレのマークもある。よし！　トイレをするふりをして、雪美嬢に「逃げろ」と電話すればいい。

駐車場に車を停め、携帯電話を持って降りようとした。

「あっ。そのケータイ貸してくれない？」

荒木の言葉に全身が固まる。「な、なぜですか？」

「僕のケータイ、充電切れちゃったんだよね。今すぐ出版社にかけなきゃいけない用事があるんだ」

「いや……あの……でも」咄嗟に、断る理由が出てこない。

「ウンコしながらケータイは使わないでしょ？」

「……そうですよね」吾輩は、仕方なしに携帯電話を明け渡した。

「何、これ？」荒木が画面を見て眉をひそめる。「《今すぐ逃》って何？」

しまった……。打ちかけのメール文を残したままだった。

「ねえ？　ねえ？　何、これ？」荒木が、興味津々で訊いてくる。

何とかして誤魔化さねば……。万が一、雪美嬢たちの侵入がバレたとき、吾輩も共犯だと疑われてしまう。

「タイトルです」吾輩は、苦し紛れに答えた。「……小説の」

「えっ？　ああ、そう言えば、タケシ君、小説家志望だったよね」荒木が、もう一度画面を見た。「でも、《今すぐ逃》って独創的すぎない？」

「いや、考えている途中でして……いいタイトルはないものかと」

荒木が、余計なお節介を焼く。「僕でよければアドバイスしてあげるよ。《今すぐ》なんてつけようとしたの？」

「今すぐ……」南無三。「逃避行です」

「ん？　どこに？」

吾輩が訊きたい。

4

とうとう、荒木の自宅に戻ってしまった。

マズい。マズい。非常にマズい。雪美嬢には連絡できずじまいだ。

「やっぱり、『悪魔の冷蔵庫』よりも『悪魔の冷凍庫』の方がいいかな？」荒木は吾輩の電話で、担当編集者と話している。「それとも、『悪魔のクーラーボックス』の方がインパクトある？」

吾輩が、ファミリーマートのトイレを出てきてから、ずっと話している（実際は、便意をもよおしてなかったので、便座に座っただけで時間を潰した）。

「お、着いた、着いた。えっ？　クーラーボックスはさすがにやりすぎ？」

なんと、荒木は電話をかけながら、車を出た。運転席の吾輩に手の平を見せ、待ってろ、と合図をする。

このままでは、鉢合わせが確実だ。土屋の催眠術に期待をしたいところだが、今、彼は松葉杖をついている怪我人だ。失敗する可能性もある。何とか……何とか知らせる方法はないものか？

脳味噌を高速回転させ、考えに考えに考えた末、何も思い浮かばなかったので、BMWごと、荒木邸の玄関の塀に突っ込んだ。

ドカンと、閑静な住宅街に轟音が響き渡る。エアバッグが、ものすごい勢いで膨らみ、運転席の吾輩を圧迫した。

家に入ったばかりの荒木が、何事かと飛び出してきた。大破した塀とBMWを見て叫ぶ。「な、何やってんだ！」

「……車体の向きを変えてお待ちしようとして、ハンドルを切り損ねまして……」

荒木は大袈裟な溜息をつき、エアバッグに埋もれる吾輩に言った。「君、クビね」

「何か他に方法があったでしょうが！」

雪美嬢が焼きたてのナンを引きちぎり、吾輩に怒鳴った。

「まあ、そう怒りなさんな。タケシのおかげで、俺たちも無事に脱出できたわけだし」

土屋が、タンドリーチキンを噛みちぎりながら、吾輩を庇《かば》う。

その日の夜、吾輩たちは銀座に戻り、昭和通り沿いのインドレストランで打ち合わせをした。銀座だからかどうか知らないが、ここのカレーは異様に美味い。辛いのが苦手な吾輩でもパクパクと食べてしまう。

「もう少しで腰を抜かすとこだったじゃない！」

雪美嬢が、ナンをキーマカレーに浸けて食べた。「ヤバいね。ここのカレー」自然と頬が緩む。ここの店にして正解だったようだ。怒られる率も減るだろう。

間一髪だった。吾輩が、荒木にBMWの運転席から引っ張り出されている間、雪美嬢たちは屋敷の裏口から逃げ出したのだ。

「これと言った証拠はなかったけど」雪美嬢が、古い写真をテーブルの上に並べた。

「何枚か、アルバムから抜いてきたの」

荒木一家の家族写真だった。荒木が、とても若く、青年に見える。志保は、想像通りだった。献身的で、芯のある、地味だが美しい女性がそこにいた。色々な写真があった。まだ赤ん坊の温子を抱く二人。戸惑う顔で、温子をお風呂に入れる二人。はいはいする温子を見守る二人……。どの写真からも幸せが溢れていた。色々な人間たちを見てきたが、こんな幸せそうな人間たちを見たことがない。もしかすると、どの人間も家族といるときはこんな顔をするのであろうか。

少なくとも、吸血鬼には、こんな顔はできない。

「このカメラマン、下手くそだな」土屋が言った。「全部、構図がおかしいよ」

「えっ？　どれどれ？」

雪美嬢と吾輩は、カレーを食べる手を止め写真を凝視した。

「あっ、本当だ。ほとんど荒木が中心になってるね」


「こんばんは」すみれママが、完璧な営業スマイルで吾輩たちを迎えた。「こんなに早く来てくれるとは思わなかったわ」

《CLUB　すみれ》は老舗クラブの名に恥じぬ、ハイカラでモダンでゴージャスな内装だった（正直なところ、緊張して周りがよく見えない）。どの女性もきらびやかで、蝶のごとく美しく、歌舞伎町のキャバ嬢たちとは天と地ほどの差があった。

「気に入った女の子がいたら言ってくださいね」すみれママは、今宵もすみれ色の和服である。

「いや、ママだけでいい」土屋が言った。

「まあ。こんなおばさんが相手でいいの？」と、すみれママが返す。

今宵の土屋は、上下とも白いスーツでビシッとキメている。それに加え、松葉杖&

首のコルセットなので、目立ってしょうがない。他の客やホステスたちも、吾輩たちの席が気になって仕方がないようだ。

客の一人が席を立ち、こっちに近づいてきた。どこからどう見ても堅気の人間じゃない。スキンヘッドに銀ぶちの眼鏡、土屋に負けない高級スーツを着ている。

「土屋さんとお見受けいたしましたが」

丁寧な言葉が余計に怖い。

「人違いですよ」土屋があしらおうとするが、スキンヘッドは引き下がらない。

「いいえ。見間違いようがありません。なんせ、この傷は土屋さんにやられたんですから」

スキンヘッドが深くお辞儀をして、頭頂部を見せた。生々しい傷痕《きずあと》が残っている。

店の中が、水を打ったように静まり返った。

土屋は、顔色を変えず言った。「店には迷惑をかけたくない。外で待ってろ」

「わかりました」スキンヘッドは意味深な笑みを浮かべた。「ママ、今日はツケでいいよね」

「いつも、ありがとうございます」すみれママも顔色一つ変えず笑顔で返す。さすが、肝が据わっている。

「お知り合いですか？」スキンヘッドが帰ったあと、ママが土屋に訊いた。

「昔、ちょっとね」土屋が言葉を濁す。

この人たちは、何を急にVシネマのような会話をしているのだろう。あのいかついスキンヘッドが店の外で待っていると考えただけで胃が痛くなる。考えるのはやめよう。今は聞き込みに集中だ。

「この写真を撮ったのは誰だか分かりますか？」

吾輩は、書斎から盗んできた、若き日の荒木夫婦の写真を見せた。

「あらっ、二人とも若いわね～」すみれママが懐かしそうに目を細める。「写真を撮った人まではわからないわ」

「当時、志保さんと一番仲が良かったホステスを覚えてますか？」

「もちろん、覚えてるわよ。志保ちゃんには大親友がいたもの」

「名前を教えてください」

「教えて、どうなるの？」

吾輩は、土屋の顔を見た。土屋が、頷く。すみれママに隠さず、推理を話すことにした。

「その親友が、志保さんを殺したかもしれないんです」

前日。インドレストランのテーブルに並べた写真を見て、雪美嬢が閃いた。

「わかった！　女友達が志保さんを殺したのよ！」

唐突な推理に、吾輩と土屋は顔を見合わせる。

「この写真を見て気づかない？　全部、同一人物が撮ってるじゃん！」雪美嬢が興奮して叫ぶ。オーナーシェフのインド人が、何事かとキッチンから顔を覗かせた。

「それはわかりますけど……」

「荒木か志保さんの親じゃないの？」土屋が言った。

「親なら孫と一緒に写りたいはずじゃん。でも、そんな写真は一枚もない。このカメラマンは、荒木とも志保とも仲がいいにもかかわらず、赤ちゃんとは一緒に写りたくはなかったのよ」

「……不倫か」土屋が呟いた。

雪美嬢が頷く。「きっと、志保の女友達に違いないよ。さっそく、明日、銀座に行って調べてきて」

「正解よ」すみれママが、力なく笑った。「すごいわね、そのお嬢ちゃん。名探偵にでもなれるんじゃない？」

「親友の名前を教えてください」吾輩は、テーブルに頭がつくほどお辞儀をした。

「私よ」すみれママが、目を閉じて言った。

「えっ？」吾輩と土屋が同時に訊き返す。

「十五年前、私が一番、志保と仲が良かったの」

　まさか、すみれママが犯人だとは思いもよらなかった。吾輩と土屋は、無言のまま、帰りのエレベーターに乗っていた。

　荒木と不倫していたことをすみれママは思いのほか、すんなり認めた。罪の意識から、誰かに話してしまいたい、それで解放されたい、という気持ちがあったのだろうか。荒木は、志保と結婚する前から、すみれママと二股をかけていたらしい。すみれママは、てっきり自分が結婚相手に選ばれると思っていた。ところが、自分よりも地味で華がない志保の方が選ばれて、女としてのプライドがズタズタになった。十五年前のクリスマス。幼い温子を実家に預けたので、一緒に祝わないかと志保に誘われた。憐れみをかけられたようで、憎しみが芽生えた。パーティーの帰り道、駅のホーム。志保の背中を見て、殺意が芽生えた。荒木はベンチで寝ている。背中を押せば、この女は死ぬ……。

「でも……どうして、すみれママは、荒木が殺したって言ったんですかね？」

「荒木が殺したようなもんだろ……。不倫なんてしなければ、志保も殺されずに済んだんだ」

帰り際、エレベーターのドアが閉まる寸前、すみれママは、真っ赤な目で、呟くように、「明日、自首します」と言った。

「絶対、自首なんてしねえぞ」土屋が断言した。「あの女は、そんなタマじゃない」

「でも、さっき泣いてましたよ」

「嘘泣きぐらいできなきゃ、銀座のクラブのママは勤まらねえよ」

「そういうもんなんでしょうかね……」

あれが演技……。土屋の言う通りなら、アカデミー主演女優賞並みの演技力である。いやはや、銀座のクラブのママとは、なんと恐ろしい仕事なのか。

「どうする？　すみれママを警察に突き出すかどうかは、お前に任せるぜ」

「……すみれママが自首するのを信じてみます。吾輩は復讐屋ですから。犯人を突き出すのが仕事ではありません」

「おめでたい奴だな」土屋が鼻で笑った。「ま、お前らしいけどな」

エレベーターのドアが開いた。スキンヘッドの男が待っていることをすっかりと忘れていた。スキンヘッドは、吸っていた煙草を道に捨て、土屋に歩み寄った。

「社長が待ってますんで、ご同行願います」

「もし断ったら？」

スキンヘッドが、スーツの内側をチラリと見せた。黒い塊が見える。「私が殺されますんで」

待っているのは、多分、〝社長〟じゃない。いや、絶対に違う。社長と呼び名を付けるほかない人だろう。拳銃まで見せるくらいなら、潔く〝組長〟と言ってもらった方がまだ気が楽だ。

吾輩と土屋さんはタクシーに乗せられて、永田町にある料亭まで連れて行かれた。大都会の真ん中にあるとは思えない、純和風の佇《たたず》まいの入り口から、奥の座敷に案内された（土屋曰く、この料亭の創業は大正十三年らしい）。広い部屋に、どう見てもヤクザの親分と、どう見ても腹黒い政治家の二人がいた。

「失礼します。土屋さんをお連れいたしました」スキンヘッドが土下座に近い形で、二人に挨拶する。

「ほう。彼が例の？」政治家が、日本酒を飲みながら、値踏みするように土屋を見た。

「ブツは持ってきたのか？」親分が、ドスの利きすぎた声で言う。

ブツ？　と言うより、何の目的で、土屋をこんな場所に連れてきたのだ？

「用意しております」

スキンヘッドが、スーツの内側から黒い塊を取り出し、恭《うやうや》しく土屋に渡した。

拳銃ではなかった。黒い小さな箱だった。「どちらから、いたしましょう」土屋が箱を開けた。

「まずは、先生から、どうぞ」親分が言った。

「いいのかね？　私が先でも」

「かまいません。私は、この男に何度も占ってもらっているので」

占い？　空耳か？　土屋が、箱の中からタロットカードを取り出した。本当に占いだ。

「何を占いましょう」土屋がテーブルにタロットカードを並べながら言った。

「まずは、来年の政局を占ってもらおうかな。君、弁護士もやってるんだってね」

「こいつは実に面白い男ですよ。若い頃はフランスの傭兵《ようへい》もやってまして、そのときに戦場で霊感があることに気づいたんです」親分が、土屋の過去を補足する。

「マルチにならないと生きていけない時代ですから」土屋が笑う。

弁護士に占い師に兵士？　この男が、ますますわからなくなってきた。

「だから、銀座は嫌だったんだよ」

帰りのタクシーで、土屋がこぼした。

「占い師をやってたんですね？」

「昔の話だ」

「フランスの傭兵も……」

「それも、昔の話だ」土屋は大きく欠伸《あくび》をし、言った。「タケシも占ってやろうか」

「いいのですか？」

実は、さっきからそれを言い出したかったが、切り出せなかったのだ。

「一枚、選べ」土屋が、タロットカードを箱ごと渡してきた。

「えっ？　自分でですか？」

「早くしろ。眠いんだ」

なんと大雑把《おおざっぱ》な占いだろうか。さっきの料亭とは大違いだ。

吾輩は、目を閉じて一枚選んだ。「これにします」

「どんな絵柄だ？」土屋が、目を閉じながら言った。見てもくれないらしい。

「天使がラッパのようなものを吹いていますが……」

「〝審判〟のカードだな」

「どういう意味ですか？」

「決断と再生だ。近いうちに、過去に失ったものが、再びお前の前に現れるぞ」

沈黙。それ以上、土屋は説明してくれない。焦らしているのだろうか。

「あの……具体的には、どういったことが起こるのですか」

土屋が返事をすることはなかった。子供のような寝顔でスヤスヤと眠り出したからだ。

5

「復讐は、まだ終わっていないわ」

雪美嬢の意見に賛成だった。荒木の不倫が招いた悲劇なのだ。土屋の言うように、志保を殺したのは、荒木だと言っても過言ではない。

「小説家として、一番ダメージを受けることは何？」

雪美嬢が、運転手として荒木のすぐ近くにいた吾輩に、意見を求めてきた。

「やっぱり……書けなくなることじゃないですかね」

「じゃあ、両手の指、十本とも折っちゃおうか？」雪美嬢が物騒なことを言う。

「口述筆記ができますよ」

「そうね。じゃあ、舌を抜く？」さらに物騒だ。

「精神的にダメージを与えた方が、より効果的かと思われます」

荒木と同じ時間を過ごしてわかったのは、小説家とは非常に繊細な生き物だということだ。たとえ、ベストセラー作家といえども、いや、ベストセラー作家だからこそ、読者の反応を異常に気にしている。吾輩は、荒木が悪い評判を聞かないように、必死で耳を塞いで生きているように見えた。

「じゃあ、私、面が割れてないから、荒木の横で作品の悪口言おうか？」

地味だが、小説家にとってはたまらない攻撃だろう。


次の日。

吾輩と雪美嬢は荒木を尾行した。吾輩は念のため、野球帽と、サングラスと、東急ハンズのパーティーグッズコーナーで買った付け髭で変装した（余計に、不審人物になったような気もするが）。

荒木が家から出てきた。徒歩で駅まで向かう。吾輩が家に突っ込ませたＢＭＷは修理に出しているし、本人は絶対に運転しない主義らしく、交通手段は電車しかない。本人曰く、どうしても運転中、小説のことを考えてしまい、事故が怖いので運転手を雇っているということだった。

並木道を抜け、田園調布駅の西口ロータリーに着いた。噴水の前に若い女が立っていた。荒木が女を見つけ手を上げる。女も嬉しそうに手を振り返した。

「誰？　あの女？」雪美嬢が、イチョウの木に隠れている吾輩に言った。

「さあ……」見たこともない女だ。とにかく若い。この距離から見ても未成年だとわかる。

荒木と女は腕を組み、駅の構内へと入っていった。

「どんだけ、女好きなのよ！　しかもロリコンだし！　見てろよ、立ち直れないぐらいに傷つけてやる！」雪美嬢が怒りに震えながら、二人の後を追いかけた。

雪美嬢は、復讐場所に電車の中を選んだ。荒木の近くに乗り、〝携帯電話で友達と話すギャル〟を演じ、荒木作品の悪口をボロクソに言うのだ。今日の雪美嬢の服装は、電車の中で大声を出してケータイをかけるバカギャルそのものである。

電車に乗った。平日の昼間なので、乗客もまばらだ。ちょうど荒木たちの隣に空席ができた。雪美嬢が、堂々とそこに座る。吾輩は斜め向かいの少し離れた席に座り、様子を窺った。

吾輩は携帯電話を出し、雪美嬢の番号を押した。電車内に、バカ丸出しの着メロが鳴り響く。吾輩は携帯電話を通話中にしたまま、そっとポケットの中に入れた。

「もっしー！　超おひさー！」雪美嬢が、〝一般の常識が全く通用しないギャル〟に変貌《へんぼう》した。「ありえないしー！　バリ暇ぶっこいてたしー！　ずっと、小説読んでたしー！」

冷静に考えると、こんなギャルが小説を読むという設定そのものに無理があるのだが……。しかし、荒木は小説という言葉にピクリと反応した。

雪美嬢が、車内テロを続ける。露骨に顔をしかめる乗客もいたが、全くお構いなしだ。いよいよ、復讐の開始である。

「もう、その小説が超つまんないのー！　荒木昇太の悪魔シリーズって知ってる？　知らない？　知らなくていいよ。読むだけ時間の無駄だから」

荒木が白目を剝いた。大きく鼻から息を吸い、自制心を失わないように、懸命にこらえている。

雪美嬢は容赦をしない。「シリーズ、全部読んだんだけどー、もう、ソッコーで

《ブックオフ》だっつーの。そしたらー、《ブックオフ》でも、この作者の本は大量に持ち込まれて在庫がたっぷりあるので買い取れませんって言われちゃってさー！　マジでありえなくない？　絶対、荒木、作家なんて辞めた方がいいよね！　アンタも友達に言いふらしてよ！　荒木の本を読むぐらいだったら、スーパーのチラシでも読んだ方がマシだって」

「いい加減にしなさいよ！」

荒木の横に座っていた若い女が、立ち上がり、いきなり雪美嬢にビンタした。さすがの雪美嬢も目を丸くして驚く。

「温子やめなさい！」荒木が女の手首を摑んだ。

温子？　吾輩の知っている温子とは、全く似ても似つかない別人だ。

「だって、お父さんの本の悪口言うんだもん！」

女が泣きそうな顔で言った。

お父さん？　吾輩は、思わずサングラスを外した。

「お、親子ですか？」雪美嬢が訊いた。

荒木が頷く。「すいません。娘がご迷惑をおかけしました」

娘……どうりで若いわけだ。

というか、しばし、待て。では、吾輩たちに温子と名乗ったあの女は何者なのだ？　いくら探しても、あの、温子と名乗って吾輩たちの前に現れた女子高生が見つからない。そもそも女子高生かどうかもわからないのだ。

吾輩は、銀座の地下のバー《アンダー》に一人で来ていた。今日は一人で飲みたい。今までバーでゆっくりと酒を飲むなんて経験はしたことがなかった。バーというのは、てっきりカップルがデートに使うものだと思っていたからだ。だが、一人で飲みたいときこそ、この空間が必要なのだ。「お待たせしました。ブラッディ・メアリーです」マスターが、吾輩の前に作りたてのカクテルを置いた。

血まみれのメアリーか……。吸血鬼にはピッタリすぎて、思わず笑ってしまいそうになる（「血の色をしたカクテルを作ってください」と、注文したのは吾輩なのだが）。

ブラッディ・メアリーは、驚くほど美味だった。トマトジュースとウォッカだけでなく、何だかスパイシーな味がする。

「これは何が入っているのですか？」

「塩、こしょう、タバスコにレモンジュース、あとウスターソースを少々。お好みでセロリスティックをグラスにさす店もございますが、当店では付けません。私、セロリが苦手なものですから」マスターが、茶目っ気のある笑顔を見せた。

味は抜群なのだが、どうもこのノリにはついていけない。人間界のアダルト層には、人気の接客なのかもしれないが、吸血鬼の吾輩は尻のあたりがむずむずして、落ち着かないのだ。

吾輩は、ブラッディ・メアリーを飲み干し、深い溜息をついた。

「何か、悩み事ですか?」バーテンダーが、絶妙なタイミングで声をかけてくる。他に客はいない。相談してみるのも悪くないかもしれない。

「探し物が見つからないんですよ」

温子のニセモノと、《銀座バッティングセンター》、それと、もう一つある。神様に言われた、本当の自分もまだ見つかっていない。

「意外と目の前にあったりするもんですよ」マスターがグラスを拭きながら言った。

目の前には、空になったブラッディ・メアリーのグラスと、数百種類もある外国の酒瓶が並ぶ棚しかない。ブラッディ・メアリー……。

「どうして、このお酒、メアリーなんですか?」

「十六世紀半ばの英国女王メアリー一世に由来しているという説が有力です。メアリーは、カトリック教徒だったために、プロテスタントを多数迫害して、《血塗られたメアリー》と呼ばれたそうです」バーテンダーが、スラスラとウンチクを並べた。

「英国は、進んだ国ですね。そんな大昔から、女性でも王になれるのですから。メアリーは、ヘンリー八世の娘だそうですよ」

娘……娘？　頭の奥で、何かが光った。

もしかすると……吾輩は、今、生まれた推理を確かなものにするために、マスターに質問した。「すみれママに子供はいます？」

「ええ」マスターが頷く。「娘さんが一人」


次の日の夕方。

世田谷にある女子高の校門から、〝温子と名乗った少女〟が出てきた。

少女は、吾輩と雪美嬢の顔を見るなり、「ありゃ。バレちゃった？」と、無邪気に舌を出した。

少女の名前は、楓《かえで》と言った。すみれママの娘である。

「ママに、『お父さんは病気で死んだのよ』って、ずっと言われてきたんだけど、さすがにおかしいって気づくよね」楓は、マックシェイクを啜りながら言った。

楓が通う女子高の近くにある《マクドナルド》に、吾輩たちは来ていた。

「どんな病気だったの、って聞いても口ごもるし、お父さんの写真も一枚も残ってないし」

「荒木昇太が、自分の父親だって、いつ気づいたの？」雪美嬢が訊いた。

「二カ月前。酔っ払ったママが泣きながら告白してきたの……『あなたのお父さんは、有名な小説家さんなのよ』って」

なんと、荒木が志保と結婚したとき、すみれママも妊娠していたというのである。

「すみれママは、志保さんを殺したことも告白したの？」

楓が、コクリと頷いた。「だからアタシが何とかして荒木って人を犯人にしようと思ったんだけど、失敗しちゃった。ママはすごく後悔してたから、あの調子だと自首しかねないって思って。自首なんてされたら私の人生もメチャクチャになっちゃうし」

楓は、カバンの中から封筒を出した。中には、パソコンで打たれた遺書が入っていた。内容は、十五年前に妻を殺した。その罪に耐えられず自殺します。というものだった。最後に、荒木昇太と名前が記されている。

「アイツの書斎に忍び込んだとき、これを置いて帰ろうと思ったの」

「それであのとき、家の鍵がないって騒いだのね？」雪美嬢が言った。

楓は温子になりきり、自宅の鍵を紛失したと思わせ、玄関のドアまで土屋に開けさせたのだ。吾輩たちは、不法侵入の片棒を担がされたというわけだ。書斎に忍び込むアイデアを出したのも楓だった。

吾輩は、確信して言った。

「荒木を自殺に見せかけて、殺す気だったんですね」

楓は頷き、またマックシェイクを飲んだ。

「どうやって殺すつもりだったの？」雪美嬢が訊く。

楓は質問に答えず、ズルズルとマックシェイクを飲み干した。ストローから口を離し、ぷはぁっと深呼吸をする。そして、無表情で言った。

「駅のホームで背中を押すつもりだったの」

「隠れたファインプレーじゃん」

《マクドナルド》からの帰り道、雪美嬢が言った。

「どういう意味ですか？」

「タケシが、ＢＭＷを家にぶつけたから、あの子は殺人者にならずに済んだわけでしょ？　やるじゃん」

やるじゃんと言われても……。嬉しいようなこそばいような、変な感じである。

6

あとは、《銀座バッティングセンター》だ。

ここまで来たら、是が非でも見つけ出したい。吾輩は、銀座中を歩き回り、聞き込みを続けた。だが、誰もが首を横に振り、知っている人間には出会えなかった。

足が棒のようだ。もう、諦めよう。銀座にバッティングセンターなんてあるわけがない。神様がボケてしまったか、それとも吾輩をからかっているだけなのだ。

すっかり遅くなった。もう午前零時も過ぎている。こんな夜は、バーに限る。吾輩は《アンダー》の扉を押した。

「いらっしゃいませ」すっかり常連となった吾輩をマスターは優しく迎えてくれた。今夜も客は誰もいない。静かに飲めて嬉しいのだが、売り上げは大丈夫なのだろうかといらぬ心配をしてしまう。

「今夜は、何から飲みますか？」

メニューは見ず、おまかせでマスターに作ってもらうことにしている。どんな味を飲みたいのか、吾輩はヒントとなるキーワードを投げかけるだけだ。どんな抽象的な言葉でも、マスターは瞬く間に、カクテルに変えてしまう。

「銀座を彷徨う男が飲むのにふさわしいお酒をください」

マスターが、挑戦状を突きつけられたかのように不敵に笑う。

「その男の特徴は？」

「吸血鬼です」

マスターが笑った。吾輩も噴き出す。自嘲的な気分にも程がある。マスターにしてみれば意味不明だ。そんなカクテルがあるわけがない。

「ピッタリなカクテルがございます」

あった。マスターは、ウォッカの瓶《びん》と日本酒、トマトジュースをカウンターに並べた。一体、何を作る気だろう。それらの材料を流れるような動きでシェーカーに入れていく。続いて、レモンジュース、タバスコ、コショウと入れ、最後に小瓶に入った黒い液体を二滴ほど垂らした。

「その黒いのは、何ですか？」

「醬油《しょうゆ》です」

た。

醤油？　そんなものを投入して、美味しくなるのか？

マスターは、シェイカーの蓋を閉じ、見事な手さばきでリズミカルにシェイクし

氷の入ったグラスを注ぎ、吾輩の前に出す。

「ギンザ・メアリーです」

「……ギャグですか？」

「いいえ」マスターが優しく微笑む。「本当にあるカクテルです」

傑作だ。これほど、今の吾輩にふさわしいカクテルはないだろう。吾輩は、嬉しくなって一口飲んだ。うん、不味い。ブラッディ・メアリーの方が断然美味い。ただ、その不味さが、感傷的になっている吾輩の心に染みた。

ドアが開き、客が入ってきた。どこかで見たことのある男だ。わかった。永田町の料亭で、土屋にタロット占いをしてもらっていた腹黒い政治家だ。政治家は、チラリと吾輩に一瞥をくれただけで、カウンターの端に腰を下ろした。

「何を飲まれます？」と、マスター。

「そうだな……ウーロン茶」と、政治家。

何か、おかしい。政治家は落ち着きがなく、ソワソワしている。料亭ではあんなに

偉そうにふんぞり返って日本酒を飲んでいたのに、ウーロン茶だと？　酒を飲まないのに、なぜこんな店に来るのだ。こっちの酒まで不味くなるではないか（ギンザ・メアリーは、元々不味いが）。

政治家は、チラチラと時計を見ては、しきりに貧乏ゆすりをしている。

「マスター、ちょっと今日は、時間がないのだ」政治家が、小声で言った。

「かしこまりました」

マスターが吾輩の前にやって来た。

「申し訳ございません。本日は閉店とさせていただきます」

藪《やぶ》から棒に何だ。まだ、ギンザ・メアリーを半分も飲んでいない（不味くて進まないのだが）。

「どういうことですか？」吾輩は、マスター越しに、政治家を睨みつけた。明らかに、奴の個人的な用事のせいで帰らされようとしている。

合点がいかない。確かに吾輩は貧乏な吸血鬼で、政治家と比べれば、店に落とす金はたかが知れているだろうが、あまりにも酷い仕打ちではないか。吾輩は、悔しくて、下唇を嚙みしめた。

「お代は結構でございます」マスターが笑顔で言った。

こめかみの血管が、ブチッと音を立てて切れた。決めた。貧乏神のレゲエ男を、この店に連れて来てやる。もしくは、雪美嬢に店の中をカチンコチンに凍らせてもらってもいい。許さん。必ず、この店に復讐してみせる。

「お金は下で使っていただきますから」

下？　地下の店で、何を言っているのだ？

「何だ、君も会員だったのか」政治家は立ち上がった。よく見ると、政治家はスニーカーを履いている。

「それでは、ごゆっくりお楽しみくださいませ」

マスターが、カウンターの下のスイッチをカチッと押した。

探し物は、目の前にあった。鳴り響くモーター音の中、酒棚が二つに割れる。その奥にさらに地下へと続く、階段があった。

「足元に気をつけてください」

マスターを先頭に、吾輩と政治家が階段を降りる。洞窟の冒険へと向かう探検隊のように、吾輩の胸は高鳴った。

階段は、長く長く下りて行った。地獄の底まで、続く長さだ。

「何とかして、くそ忌々しいこの階段をエスカレーターにできないもんかの」政治家が、吾輩の後ろでブツブツと文句を言った。

「アップがてらに、ちょうどいいではないですか」マスターが、笑顔で振り返り宥《なだ》める。

十分ほど歩き、ようやく階段が終わった。重々しい扉が、吾輩たちを待っていた。

政治家が、マスターに会員証のカードを渡した。マスターが、カードを扉の横の機械に通し、読み取らせる。

ピーッという電子音に続き、ガチャンと乾いた音が鳴った。扉のカギが開いたのだ。

「ようこそ。《銀座バッティングセンター》へ」

マスターが扉を開き、中へと招き入れた。

信じられない光景が、目の前に広がった。ありえないほど広大な空間に、野球場が丸々一つあるのだ。緑の人工芝、選手たちのベンチ、高いフェンス、バックスクリーン、応援スタンドまである。マウンド上には、ピッチングマシンが置かれていた。

「元々は、核シェルターとして作られた空間だそうです」マスターが、とつとつと語り出した。「ソ連がなくなり、冷戦の時代が終わり、シェルターは必要ないだろうと有効利用されたわけです」

「運動不足のＶＩＰのための施設さ」政治家がベンチからバットを選び、素振りを始める。太鼓腹にしては、腰の入ったいいスイングだ。

「政治家の皆さんは、野球好きが多いですからね」マスターが腕を組み、誇らしげにグラウンドを眺める。もう、バーテンダーの顔ではない。

政治家もマスターも、野球がしたくて堪らない少年の顔になっていた。

まさに、夢のバッティングセンターだ。

「ちなみに、国会議事堂からもここへと続くトンネルがある。わしみたいにぺーぺーの議員は使わせてもらえんがの」

「そのためにウチの店があるんです。こんな素敵な場所を、政治家だけしか使えないなんてつまんないでしょ」マスターが、悪戯っ子のように笑う。

「最初に会員証を見せたとき、なぜ知らないとおっしゃったんですか？」吾輩はマスターに訊いた。

「あのときは、すみれママがいましたから。彼女は会員ではありませんし」

「でも後日、吾輩が一人で店にお邪魔したこともあったじゃないですか」

「失礼ながら、テスト期間とさせていただきました」

「どういうことですか？」

「マスターがお前のことを気に入るまで、教えなくていいと言ったんだよ」

聞き覚えのある声とともに、バックネット裏から、人影が動いた。

「よう。タケシ。久しぶりだな、おい」

神様が、丸めた新聞紙を振っていた。


「今夜あたり、来るんじゃないかと待ってたんだよ」

吾輩と神様は、ベンチの中に座り、政治家のバッティングを見学した。マスターがピッチングマシンを操作し、「次、もっと速く！」とか、「カーブだ！　曲げてこい！」との、政治家の注文に応えている。

「もしかして、神様がここを作ったんですか？」

「誰が作ったかなんて、どうでもいいじゃねえか。楽しけりゃいいんだよ、楽しけりゃ」

神様の言葉に、心が震えた。心の中のモヤが一気に消え、体験したことのないくらい晴れ晴れしい気持ちになった。

そうだ。楽しければ、それでいいではないか。吸血鬼としての自分を楽しめばいいのだ。普通に生きていれば、楽しいことなんて稀にしか起こらない。この《銀座バッティングセンター》を見つけたように、これからは自分の足で、目で、〝楽しみ〟を探し出そう。

「本当の自分は見つかったか？」

「はい」吾輩は、力強く頷いた。

「じゃあ、わしの出番はここまでだ。思う存分かっ飛ばしてこい」

神様が、平手で力強く、吾輩の背中を叩いた。

「いきますよー」マスターが、マウンド上でボールを見せた。「コースはどうしましょうか？」

「真ん中、高めで」注文通りの球が来た。さすが《銀座バッティングセンター》のマスターである。

全身に力がみなぎる。だが、力んではいない。驚くほど球がよく見える。まるで止まっているかのようだ。

よく見て、引きつけ、素直に打ち返す。

吾輩は、無心でバットを振り抜いた。

手の平に、何の感触も残らなかった。何の音も聞こえなかった。顔を上げて、球の行方を追う。球が消えた。どこにもない。

ドンとバックスクリーンから音がした。吾輩の打球は、グングンと伸び、バックスクリーンを直撃したのだ。

「やったー！　ホームランですよ！」

吾輩は、褒めてもらおうとベンチを見た。神様はベンチの中にいない。マウンドを見る。マスターもいない。ベンチの前で、汗だくになって、へばっていた政治家もいつの間にか消えていた。

「もしもーし！　隠れてるんですか！　ホームランですよ！」

吾輩の声だけが、こだまし、誰も返事をしてくれない。

言いようのない孤独感が襲ってきた。とてつもない恐怖が間近に迫ってくるのを肌で感じた。

吾輩は、ベンチへと走った。椅子の上に、神様が持っていた新聞だけが残されていた。

新聞を広げ、記事を読んだ。

《新宿通り魔、ついに逮捕》と見出しが載っている。

容疑者の顔写真もあった。見覚えのある顔だ。吾輩は、膝をつき、嘔吐した。

こんなこと……こんなことがあって、たまるものか。

おかめ顔の女が、刑事に挟まれ護送されている。

吾輩は、新聞を破り捨てて逃げた。

野球場の照明が落ち、闇に包まれる。怖い。闇は怖くないはずなのに、怖い。

吾輩は、手探りで入ってきた扉を探り当て、階段を上った。苦しい。息ができない。背後から階段の照明が順に消えていき、闇が迫ってくる。足が痺れて動かない。

立ち止まるな。死にもの狂いで足を動かせ。闇に包まれてしまうぞ。

階段が終わり、バーのカウンターを乗り越え、店の階段も上りきり、やっとの思いで地上に出た。

板東英子が、待っていた。

「やっと思い出してくれたんやね」

十字架型の短剣が、吾輩の首に突き刺さった。

7

俺は吾輩である。

よくそう言って、友達を笑わせた。

俺の名前は、夏目《なつめ》武司《たけし》。小学校の頃のあだ名は、坊っちゃん。中学校では、漱石。

高校の野球部の仲間に、〝吾輩〟と付けられてからずっと、それが定着した。

昨日、ドラフト会議があり、俺は関西の球団からドラフト三位で選ばれた。

ずっと、プロ野球選手になるのが夢だった。

両親も、大学の野球部員たちも、古い友達も新しい友達も、みんな自分のことのように喜んでくれた。

田舎の高校から甲子園に出て、東京の大学に野球推薦で入った。六大学の大会で首位打者を取り、何チームかのスカウトの人たちとも話をした。でも、ドラフト会議が始まるまで、自分がプロ野球選手になれるなんて思えなかった。

夢が叶った。めちゃくちゃ嬉しかった。

野球部のOBに、飲みに連れて行ってもらい、たらふく飲んだ。

クリスマスに、歌舞伎町にも連れて行ってもらった。

四軒目の店はキャバクラだった。

雪美という女の子が、隣に座った。雪女みたいに肌が白い、とても美しい女の子だった。

雪美をアフターに誘った。

プロ野球選手のバッティングが見たいと言われた。歌舞伎町にバッティングセンターなんてないだろうと返すと、あるよと言われた。

新宿に、バッティングセンターがあったなんて知らなかった。

深夜だというのに人が沢山いた。ホスト連中、冴《さ》えない夫婦、ミュージシャンなのかルンペンなのかわからないレゲエ頭、幸せそうに腕を組む父親と娘。

酔っていて上手く打てなかったが、雪美はすごいすごいと喜んでくれた。

他の客たちも、楽しそうに打っていた。よく考えてみれば、この何年間、バッティングセンターに行ったことがなかった。高校や大学には、立派なピッチングマシンがあったからだ。

バッティングセンターも悪くねえな。

みんなの顔を見て、思った。

ああ。こういう野球もあるんだなと実感した。

東京には、いくつバッティングセンターがあるのだろう。

雪美と腕を組んで、バッティングセンターを出た。

おかめ顔の女が立っていた。フラフラとして、目が虚ろだった。酔っ払っていると思い、気にせず通り過ぎた。

喉が急に熱くなった。今まで感じたことのない異常な熱さだった。

おかめ顔の女が、包丁を振り回しているのを見て、自分が刺されたことがわかった。

気がつくと、俺はアスファルトの上に倒れていた。何人もの人間が、刺されて倒れていく。ホスト、夫婦、レゲエ男……。その中に、雪美もいた。腹を刺されて、口から血を流していた。生きていないことがすぐにわかった。

粉雪が降ってきて、雪美の体に舞い落ちた。

ホワイトクリスマスに死ぬのかよ。俺は泣きたくなった。

意識が遠くなり、目の前が暗くなった。

救急車のサイレンで、少し意識が戻る。

ああ。うるせえ。お願いだから眠らせてくれよ。

救急隊員が、駆けつけてきて、俺を担架《たんか》に乗せた。救急隊員の一人が、耳元で叫ぶ。

「血液型は何？　教えて！　血液型は！」

ああ、そうか。輸血してくれるんだ。そうだよな。俺、来年から、プロ野球選手になるんだもんな。

頼むよ、血をくれよ。俺の体に血を入れてくれよ。絶対に復活してみせるから。

8

俺は死ななかった。

実際には、死ねなかった。

生き残ったはいいものの、厳しい現実が俺を待っていた。

俺は、半年以上、意識不明の重体だった。目が覚めると、体が動かなかった。

首の神経を切られ、一生首から下が動かない全身麻痺だ。

意識不明の間に夢で見た、ホストよりもひどいじゃないか。

俺が笑ったので、医者も親も驚いた。

生きればいいんだろ。生きてやるよ。

この人生を楽しんでやるよ。

口で筆をくわえて、絵を描いている全身麻痺の患者さんもいるのよ。と母親が俺を励ました。

上等じゃねえか。そいつが筆なら、俺はバットをくわえてやるよ。どんな球でも打ち返してみせる。

　なあ、バッティングセンターの神様よぉ。

9

　夜中。気配で目が覚めた。若い女だ。

　巡回の看護師だった。

「気分はどうですか？」

　全身麻痺した人間にかける言葉じゃないだろう。

　俺は首を振って、看護師を追い払った。


　また、目が覚めた。

　ひどく喉が渇いている。ちくしょう。さっき何か飲ませてもらえばよかった……。

　この体では、ナースコールを押すことができない。

「すいません！」俺は叫んだ。「すいません！」

　誰もやって来ない。

天井を眺めてると、涙が溢れてきた。

ちくしょう！　ちくしょう！　ちくしょう！

足音がした。くそっ。涙を拭うこともできない。かまうものか。

「すいません、喉が渇いたので何か飲み物を……」

「持ってきたぜ」

男だった。看護師ではない。医者？

「何だ、泣いてるのかよ」男が両眉を上げた。

この男、どこかで見たことがある……。

意識不明の間に夢で見た、土屋という男だ。何だ？　何で実在してるんだ？　誰だ、こいつ？　今、俺は夢を見ているのか？

「よく映画とかで、吸血鬼に噛まれた人間も吸血鬼になるって描写があるけど、ありゃ嘘だ。俺たちは、別の方法で仲間を増やす」

土屋が、スーツの袖をまくった。腕に、注射針の痕が残っている。

「俺の血を輸血したんだ」

「嘘だ！　嘘だ！　嘘だ！　嘘だ！」

「嘘じゃねえよ。夢の中で見たろ？　吸血鬼としての生活を体験できただろう？　意識のないお前に一生懸命、催眠術をかけたんだぜ」

夢を見ていたのではなかった。見せられていたのだ。

「今日からお前も俺たちの仲間だ」

「嘘だー！」

「土産を持ってきたぜ」

土屋の横に、さっきの看護師が立っていた。目に精気がない。催眠術をかけられているのだ。

土屋が、おもむろに看護師の首に嚙みついた。鋭利な牙が、女の肌に食い込む。

首から流れる血を、小さい紙コップに入れる。

「すまん。ちょうどいいのが、検尿用のコップしかなかったもんでな」

「やめろー！」

言葉とは裏腹に、滴《したた》る鮮血を体が欲している。

「狂った世の中だとは思わねえか？　だから俺たちは、理不尽な凶悪犯罪の犠牲者の中から、命が助かりそうな者を選んで、血を与えてるんだ」

土屋が、コップを俺の口元へ近づけた。

飲みたくはないが、体が拒否できない。

「凶悪な人間たちを、俺たちが排除する」

血が、欲しい。

「そのためにお前は生まれ変わるんだ」土屋が、俺に、血を飲ませた。

喉の奥で、爆発が起こった。あっという間に全身が熱くなる。

「このナースちゃんは死にはしないから安心しな。キスマークほどの傷が残るだけだ」

土屋は、看護師を抱え上げた。「病院の前で待ってるぜ」

熱い！　体の芯が燃えている。耳が痛くなる。すべての音がクリアに聞こえすぎる。ステレオのボリュームを上げられたみたいだ。

手が動く……足も動いた！

いつの間にか、ベッドの上に立ち上がっていた。漲《みなぎ》る力に、雄叫びを上げたくなる。

土屋は、どこだ！

病室の窓が割れた。夜の空へと飛び出す。

俺は、吸血鬼だ。名前はまだない。

解説

温水ゆかり

突然ですが、吸血鬼は好きですか？

できたら私はごめんこうむりたい。だってキムチやニンニクを食べたい日に、連れが吸血鬼だったりしたらサイアクでしょう。

昔々、バブル前夜——。新宿二丁目に隠れ家風の韓国居酒屋があった。七、八人しか座れないカウンターだけの店で、オモニが仕込む自家製どぶろくと、アルミホイルに包んで蒸し焼きにするニンニクのバター焼きがむちゃウマかった。というようなことを思い出しているのも、この『美女と魔物のバッティングセンター』の親本時の表紙を見たとき（旧題『東京バッティングセンター』）、「そう、緑がかったこの蛍光灯の色！」と、新宿を飲み歩いていた我が青春・旧石器時代に引き戻されたからだ。

昔の男たちは野球が好きだった。飲んでいて夜中の二時頃になると、やたらバッティングセンターに行きたがった。私は巨人軍のキャンプ地生まれで、小さい頃にナマON（編注・王貞治と長嶋茂雄です。念のため）を見るという幸運にはあずかっていたものの、特段バットを振り回すような趣味を持つには至らず、もちろん野球部の女子マネージャーになって、ドラッカーを読むという高校時代も過ごしていない。が、さっきまで、バターの塩味が効いたほっこりニンニクを口に放り込みながら一緒に飲んでいた非ドラキュラどもが、次の飲み屋へ移動する前に「ちょっと振りたい」と言えば、付き合うしかない。

酔眼に、あの緑色はきつかった。寒々しいというか、病院っぽいというか、みんなが妙にできたてゾンビの顔色になるというか。そういえば、確かあそこではぶっそうな傷害事件もあった。いや、真向かいの雑居ビルとか、新宿区役所寄りにある風林会館だったかもしれない。とにかく当時、ちょっと奥まった所にある新宿バッティングセンターの辺りは、武闘派、お水系、深夜の孤独なアスリートからニンニク臭い酔っ払いまで、ヒト科のあらゆる種が吸い込まれていく不夜城だった。人工的な緑光線で輝いていたあの生物多様性の城は、いまもあるのだろうか。

健在らしい。我々が韓国どぶろくと呼んで茶碗飲みしていた液体を、チャン・グンソクがクリスタルグラスに入れてオサレなバーで飲むこの二十一世紀にも。しかも建物内部の異空間ぶりは、新宿『ブレードランナー』化計画にのっとって（編注・私的プロジェクトです。念のため）、さらにカオス度を増している。なにせ、ヒト科じゃない生きものまでいて、バットを振り回しているのだから。その生きものが本書の語り手、タケシ。歌舞伎町の見習いホストにして、どこか気弱なドラキュラである。

さて、一人称の豊富さでは世界に類を見ないこの国で、男が語り手の小説を書こうと思った場合、「ぼく」「おれ」「おいら」「わたし」「わし」「拙者」など、どの呼称を採用するかはものすごく大事。その選択が小説の顔立ちを決める。本書はこうだ。

「吾輩はホストである。源氏名は、まだない」

言わずと知れた漱石先生のユーモア小説『吾輩は猫である』のパクリだが、このIT時代に吾輩かよ、という突っ込みは置いといて、先へ進んでほしい。この選球眼の正しさに唸《うな》るから。

現代のドラキュラは二重の意味で虐げられている。たとえば、なぜタケシがホストを志願したのか。現代には鬱蒼《うっそう》とした森もない、背後から忍び寄り、白い首筋にひっそり歯を立てようにも、ネオンぎらつくこの都会では無理。では田舎に引っ越したらどうだろう。今度は獲物の絶対数不足という問題にぶち当たる。が、そういった環境問題よりなによりも、タケシは根源的な問題を抱えている。悲しいまでにモテないのである。

好物である美女を密室に連れ込みたいが、コンパで誘っても「ありえない」の一言でバッサリ。たまさか街で美女に声をかけられ胸ときめかせても、怖いお兄さんが出てきて英会話セットを買わされそうになる始末。女が支配権を握るモテ市場では、「面接を受けて、ホストにでもならなければ、中々、獲物にありつけない」のだ。吸血鬼神話を粉々にするこの残酷なリアリズム。

タケシは言う。吸血鬼族にもかつて勝ち組の時代があった。が、それも遠い昔だと。この遠い目に、レトロな「吾輩」がよく似合う。タケシはドラキュラ界の〝遅れてきた青年〟。本書が滑稽《こっけい》哀話であるという輪郭が、くっきりと浮かび上がってくるのだ。

ちなみにここでタケシという名前の由来を書いておくと、このモテ格差社会を生き抜くために背に腹は代えられず、借金して「金城武みたいにしてください」と美容整形に踏み切った。「どことなく似てるよね」というレベルは確保したものの、モテ度は増していない。なぜ金城武だったのか。名前の中の「城」という字が、ルーマニア・トランシルバニア地方の古城をルーツとするＤＮＡを刺激したのではないかと推理するが、木下半太の小説にはよく映画や映画俳優への言及があって、本書の第一話に出てくる超絶美女の雪美も、第一話で和風ナタリー・ポートマンと形容されて颯爽と登場するから、木下半太の〝ノーブル顔フェチ〟の反映というだけのことかもしれない。

閑話休題。この『美女と魔物のバッティングセンター』は、そんなタケシの冒険活劇を四話収める。第一話「新宿バッティングセンター」で、ナンバーワンホストを刺した雪美から「復讐屋」コンビの結成をもちかけられ、新宿への置き土産とばかりにキャバクラの店長に正義の鉄槌《てっつい》をくだし、第二話「三軒茶屋バッティングセンター」では、ある劇団を潰《つぶ》すために劇団員として潜り込んでシナリオなきドタバタ野外公演を決行、第三話「明治神宮外苑打撃練習場」ではおしゃれなカフェの店長になって〝貧乏神〟と大乱闘を繰り広げ、第四話「銀座バッティングセンター」では、売れっ子小説家が駅のホームから転落死した真相をさぐる。

雪美はワケありの超人レディだが、タケシは「ドラキュラは基本無敵」と言いながら、弱点だらけ。『チャイナタウン』の頃のジャック・ニコルソンに似たアウトロー弁護士土屋と、ケンカとなったら相手に嚙《か》みついて離れない一匹狼のホスト聖矢などが、強力な援軍となるのも頼もしい。

復讐屋とは、いわば現代の必殺仕置人だ。雪美がこの稼業を思いついたきっかけを語る場面が第三話にある。キャバ嬢時代の同僚が自殺した。自殺する直前に電話してきたが、話すこともないので出なかった。彼女は何を話したかったんだろう。それは分からないけど、もし出ていたら、こっちまで彼女の死に責任を感じるような不幸に陥っていたかもしれない。そんな不幸の連鎖はまっぴら。「自殺するくらいなら、復讐しようってノリにしたいのよ」。

それに対してタケシは哲学者風に問う。「復讐で人が幸せになれるんですか?」。雪美は世俗を生き抜くリアリストの顔で答える。「復讐するしか不幸から逃れられないのよ」。

復讐――なんと背後に底知れぬ闇を感じさせる言葉であることか。食べ損ねたリベンジ、行き損ねたリベンジ、定休日だったリベンジなどとは情念の重みが違う。ドラキュラ界の〝うぶだし〟(編注・骨董《こっとう》用語。初めて市場に出てきたもの)といってもいいような、まだどこか頼りなさを持ったタケシに、理性では制御できないこの人間族の終わらない黒い感情を理解することはできるのだろうか。

などと思っていたら、最終話の最後にとんでもないオチがあった。私は正直、その場面で言葉をなくした。まさかこんなオチが待っていたなんて。

その時点でようやく理解したのである。おかめ顔した神出鬼没のおばちゃんドラキュラ・ハンターのことも、おまえの夢はなんだと聞かれたタケシが「バッティングがうまくなることです」と、少年のようにはにかんで答えたことも、人間はこんな鉄の棒を振り回して何が楽しいんだろうと首をひねっていたバッティングセンターに、タケシが喜々として通うようになった理由も。

ラストの一行は、その衝撃性と叙情性で、私のエンターテインメント小説史の中でも三指に入る忘れがたさ。魂を抜かれて冒頭行に戻り、「吾輩はホストである。源氏名は、まだない」を、今度は胸しめつけられる思いで読んだ。

「●オチ」（編注・あえて伏せ字です。念のため）は、ミステリー界の御法度とされている。作家が何度このネタで勝負しようがそれは自由だが、読者は●オチの成功作に出会うと、向こう十年はまずこのネタを許容しない。ミステリーファンも「ガンコーネ」（編注・本書に出てくるペペロンチーノ一本やりの頑固店）なのである。この文庫本を手に取ったあなた、よかったですね。この先十年、●オチの作品リストのトップにこれを置いておけばいいのだから。

Aと見える状況に、不測の事態という触媒を投げ入れ、強烈なツイストを加えながらBからC、CからDと、螺旋《らせん》状に人間関係を煮立てていくのが木下半太のドラマツルギー。場の性質を変容させていく錬金《れんきん》術師だ。その力量は悪夢シリーズ（『悪夢のエレベーター』『悪夢のドライブ』『悪夢の観覧車』など）で炸裂《さくれつ》している。私はこれを「木下半太の場面主義」と呼んでいるのだが、対比させれば、東京の磁場をさすらう本書のような作風は、さしずめ「木下半太の場所主義」だろうか。想像するに、著者は新聞の社会面を丹念に読む人だと思う。ワイドショーにも取り上げられず、明日になったら忘れ去られてしまう事件を読んでは、ふっと息をはいて遠くを見やる。そんな図が浮かんでくる。復讐とは、記憶されない死に花を手向《たむ》けることでもある。肯定しているわけではないけれど。

本書には『六本木ヒルズの天使』という続編がある。タケシや雪美を筆頭に、人魚やフランケンシュタイン、ゾンビ、河童など非人間界の生き物で賑わうが、土屋の過去が明かされるなど、やはりここでもやるせない哀愁《あいしゅう》が漂う。

木下半太は笑いだけでなく、哀しみも書ける作家である。

――ライター

この作品は二〇〇九年五月小社より刊行された『東京バッティングセンター』を改題したものです。

美女《びじょ》と魔物《まもの》のバッティングセンター

木下半太《きのしたはんた》

平成24年4月15日　初版発行

発行人――石原正康
編集人――永島賞二
発行所――株式会社幻冬舎
〒151-0051東京都渋谷区千駄ヶ谷4-9-7
電話　03(5411)6222(営業)
　　　03(5411)6211(編集)
　　振替00120-8-767643
印刷・製本―株式会社　光邦
装丁者――高橋雅之

幻冬舎文庫

ISBN978-4-344-41841-7　C0193　き-21-9